KB164594

좋겠다, 곧 행복해질
당신이라서

최별 에세이

__________________ 는(은) 곧 행복해질 사람입니다.

차 례

Chapter 2.
그런 느낌이 듭니다, 곧 행복해질 거라고

Chapter 3.

괜찮아요, 최선을 다했으니까

Chapter 4.
나를 사랑하면 좋은 일이 생겨요

Hidden Chapter.

프롤로그

당신이 행복했으면 좋겠습니다.
지금 우울감이나 슬픔에 젖어 있다고 하더라도
행복한 기운을 얻어갔으면 좋겠습니다.

당신을 만난적은 없지만, 한 번도 보지는 못했지만
위로하고 멀리서 응원하고 싶습니다.

당신은 소중한 사람입니다.
직업이 무엇이든, 어떤 사람이든 중요하지 않습니다.
그저 한 사람으로서 살아가고 있다는 것만으로도 존중받아 마땅합니다.

바쁜 사회 속에서, 또 가면을 쓴 채 살아가다 보면 나를 잃어버리고 행복해지는 법을 잊어버리는 경우가 많습니다.

저는 그렇게 잊어버린 행복의 요소들을 다시 찾아오려고 합니다.
그리고 당신이 행복해질 사람이라는 것을 꼭 알려드리고 싶습니다.

행복을 가로막는 여러 요소들이 있습니다.
걱정, 불안, 죄의식, 죄책감으로부터 자유로워질 수 있도록 돕고자 합니다.

저는 당신이 행복을 어렵게 생각하지 않았으면 좋겠습니다.
그저 남에게만 일어나는 일이라고, 나에게는 없는 일이라고 치부하지 않기를 바랍니다.

마음을 열고 저와 함께 대화해 나갔으면 좋겠습니다.
이 책을 당신께 바칩니다.
언제 어디서든 행복이 함께하시기를 바랍니다.

Chapter 1.

오늘 하루를 잘 살아낸 당신에게

행복은 항상 가까이에

행복을 먼 곳에서 찾으려고 할수록 삶은 불행해집니다. 재산을 더 모을 수 있으면, 명예를 더 이뤄낼 수 있다면, 외모를 가꾼다면, 이런 생각은 가지면 가질수록 욕심만 늘어날 뿐입니다.

행복은 먼 곳에 있지 않습니다.
주변에 있는 많은 것들이 당신을 행복하게 합니다.
따뜻하게 내리쬐는 햇볕, 기분좋은 맑은 날씨, 예상치 못한 맛있는 점심, 함께하는 이의 예쁜 미소, 소소하게 즐길 수 있는 여유 등 우리 주변에서는 웃음짓게 하는 것들이 참 많습니다.

당장의 행복을 느끼지 못한다면 멀리 있는 행복은 더욱 찾기 어렵습니다.
우리는 행복을 위해 살아가는 것이 아닌, 살아갈 수 있기에 행복한 존재입니다.

모든 것은 마음에서 비롯되는 법입니다.
행복해지고 싶다면 욕심을 버릴 줄 알아야 합니다.
거창한 것에서 찾지 말고 지금 앞에 있는 것에서 소소하게 찾아보세요.

당신의 행복을 남들과 나누세요.
소중한 사람들에게 행복을 나누어 줄 때 당신도 더욱 행복해집니다.

돈이 없어서, 또 나눌 행복이 없어서 사람들에게 다가가지 못하는 분들이 있습니다.
행복은 선한 마음에서 비롯되는 것이지 물질적인 것에서 비롯되지 않습니다.

부담 가질 필요 없습니다. 가벼운 마음으로 다가가보세요.
그 사람들도 당신의 마음에 행복해지고, 당신에게 또 다른 행복을 선물할 테니까요.

행복은 언제나 주변에 있습니다.
가까이 있는 것들의 소중함을 느껴야 멀리 있는 행복도 함께할 수 있습니다.

당신이 행복했으면 좋겠습니다.
그러기 위해 항상 주변의 것들을 사랑하고 아껴 주는 삶을 살기를 바랍니다.

당신에게 행복이
다가가는 중입니다.

소중한 것을 잊지 말아요

살다 보면 소중한 것이 무엇이었는지 잊어버릴 때가 참 많습니다.
처음부터 그랬던 것은 아니지만 바쁘게 일을 하면서, 또 사회 속에 자신을 맞춰가면서 서서히 소중한 것들이 사라지는 기분이 듭니다.

'서서히'가 참 무서운 것이 뭐냐면 한 번에 소중한 것이 없어지면 자각하고 다시 가져오려고 할 텐데 천천히 사라지는 소중함은 조금씩 양보하다 보면 어느새 다 사라지고 없어진다는 것입니다.
그러다 보면 문득 그런 생각이 들죠.
'아 나 지금 뭐하고 있는거지?, 여기가 어디지?'

당신에게 가장 소중한 것은 무엇인가요?
소중한 것은 각자 다르지만 우리가 생각하는 소중함은 언제나 지켜져야 합니다.
인생에서 소중함이 빠진다면 빈껍데기나 다를 것이 없으니까요.

바쁘더라도 항상 자신을 돌아봤으면 좋겠습니다.
삶에서 가장 소중한 것이 무엇이었는지, 그것들을 지키려고 노력하고 있는지, 어쩌면 별로 중요하지 않은 것들을 신경 쓰느라 흘려 보내고 있지는 않는지 말입니다.

내가 생각하는 소중함을 지키고 싶다면
기준점을 정해야 합니다.
그 이상을 넘어가지 않도록,
서서히 소중함이 없어지지 않도록 말입니다.

조용히 눈을 감고
생각해 보세요.

나에게 가장 소중한 것은
무엇인지,

내가 지키고자
하는 것들은
어떤 것들인지요.

떠오르는 것들을
소중히 여기며 살아가세요.

삶에서 그것보다
중요한 것은 없습니다.

하루

똑같은 일상 속에서 똑같은 사람들과 똑같은 일을 하며 살아가는 것이 어쩌면 지루하게 느껴질지도 모르겠습니다.
맛있는 음식도 계속 먹으면 질리듯이 하루를 보내는 것도 마찬가지겠죠.

하지만 또 어떻게 생각해 보면 참 감사한 하루 같습니다.
문제없이 오늘을 잘 살아낸다는 것이 쉽지만은 않은 일이거든요.
갑자기 다쳐서 병원에 가야 할 수도 있고, 권고사직 당해 직장을 다시 알아봐야 할 수도 있으니까요.

저는 그런 문제없이 하루를 무사히 끝마치면 저에게 잘 했다는 이야기를 해줍니다.

'오늘 나 참 잘했다, 하루를 무사히 보낸 것 만으로도 멋진 일을 해낸 거야.'

당신이 지금 커피 한잔을 하며 쉬고 있는 중이라면 참 잘했다고 이야기해주고 싶습니다.
오늘 하루를 무사히 끝마쳤다는 의미니까요.

만약 일이 잘 안되었어도 머릿속에 남는 걱정이 있어도 괜찮습니다.
당신은 그 시간들을 이겨냈잖아요.

항상 그렇게 살아갔으면 좋겠습니다.
매일 저녁마다 오늘을 이겨낸 당신을 칭찬해주면서요.

사랑하며 살아간다는 것은

누군가에게 도움이 되고 싶다면
그 사람을 사랑하세요.

마음을 쓰면 선한 행동이 나오고
선한 행동이 나오면 따뜻한 온기가 생겨요.

서로를 보듬어주고 따뜻이 대할 때
우리는 사랑을 느낄 수 있어요.

사랑하는 일을 멈추지 말아요.
한순간도 사랑을 잊어서는 안돼요.

사랑이 없다면 물 없는 꽃이 성장하기를
바라는 것과 같아요.

따뜻함을 전하세요.
당신의 마음에 항상 온기가 가득하도록

세상이 당신의 따뜻함을 알 수 있도록.

생일

메신저에 알람이 뜹니다.

아주 가끔씩 연락하는 친구의 생일이라고 하네요.

사실 아예 연락을 안 하는 사람들의 생일은 안 챙기면 그만입니다.

하지만 애매하게 연락하는 사람들은 챙겨야 할지 큰 고민이 되죠.

괜히 연락을 하게 되면 선물을 줘야 할 것 같고, 안 주고 인사만 하자니 안 좋게 볼 것 같기도 하고 참 애매합니다.

그러다 문득 생각을 해봅니다.

‘반대의 입장이었으면 어땠을까, 나는 연락해주기를 바랬을까.’

사실 오랜만에 생일 축하한다고 연락이 오면 선물이 없어도 고맙다는 기분이 듭니다.
연락이 소원해지고 생일도 쉽게 넘기기 쉬운 요즘 사회에서 누군가 나를 챙겨준다는 것은 굉장히 따뜻하게 다가옵니다.

그런 말이 있죠.

‘할까 말까 할 때는 하는 게 맞다.’

이런 경우는 바로 할 때라는 생각이 듭니다.

생일이라서 누군가에게 연락을 할지 고민하고 계신가요?

그냥 한번 해보세요. 별다른 생각 없이요.

축하해주고 싶은 그 소중한 마음만 담아서요.

아마 그 분도 행복해하며

당신에게 고마움의 답장을 할 것이라는 생각이 듭니다.

또 혹시 압니까, 당신의 메시지를 시작으로

좋은 인연으로 다시 함께하게 될 지요.

걱정을 미루려면

자려고 누우면 문득 드는 생각이 있습니다.
낮에 끝내지 못했던 업무들, 일주일 뒤 다가올 원고 마감, 당장 내일 벌어질지도 모를 팀장의 잔소리까지, 쉬고 있어도 머릿속은 쉴 새 없이 돌아갑니다.

마치 제 머릿속은 '걱정 생성기' 라도 되는 것일까요?

예전에 어떤 책에서 머리에 떠오르는 생각을 다 믿어서는 안 된다는 구절을 읽은 적이 있습니다.
사실 생각은 의지와 상관없이 떠오르고 사라지기 마련이기 때문이죠.

그래서 걱정은 하면 할수록 늘어납니다.
걱정을 해결하기 위해 여러가지 시뮬레이션을 돌리고 완벽해지기 위해 방어적인 태도를 취하며 상황을 타파하려 하기 일쑤입니다.

사실 여기에는 가장 큰 오류가 있습니다.
걱정은 해결하려고 할수록 커질 뿐 작아지지 않는다는 사실입니다.

그렇다면 계속 고통스럽게 있어야 하느냐, 그것은 또 아닙니다.

아주 좋은 해결 방법이 한 가지 있습니다.

바로 '걱정 미루기' 입니다.

걱정을 안 할 수는 없지만 미루어 버리는 것입니다.
지금 이 순간의 걱정을 1시간 뒤에, 1시간 뒤에는 내일로, 내일이 되면 또 내일로 계속해서 미뤄버리는 거죠.

중요한 사실은 걱정은 미룰수록 그 크기가 점점 작아진다는 점입니다.

걱정을 없앨 수는 없습니다. 우리는 떠오르는 생각을 제어할 수가 없기 때문이죠.
하지만 작게 만들 수는 있습니다. 그것이 바로 걱정 미루기의 핵심입니다.

지금도 꼬리에 꼬리를 무는 걱정을 하고 있다면 잠시 미뤄보세요.
어느새 답답했던 가슴이 조금씩 펴지는 것을 느끼실 수 있을 겁니다.

걱정을 해서
해결되는 것은
아무것도 없어요.

소중한 시간만
낭비할 뿐입니다.

당신은 충분히
해낼 사람입니다.

앞서서 걱정하지 말고
맞서서 해결하기로 해요.

나를 챙겨주기

세상에서 가장 소중한 것은 나 자신이라는 말을 많이 듣고는 합니다.
그런데 알면서도 나를 챙기는 일은 쉽지가 않습니다.
먹고 사느라 바빠서, 일에 치여서 등 사실상 후순위로 밀려버리는 경우가 많죠.

그렇게 하루하루를 살아갑니다.
자신이 뒤로 밀려 있는 채 말이죠.

삶이 영원하다면 조금 미루면 어떻겠습니까.
언젠가 나를 다시 찾아오면 될 테니까요.

하지만 아쉽게도 우리의 삶은 끝이 있습니다.
그것도 언제까지인지 알 수가 없죠.

당장 내일 삶이 끝난다면 오늘 어떤 일을 하시겠습니까?

잘은 모르지만 가장 중요한 일을 할 것 같다는 생각이 듭니다.
자신을 위해서, 혹은 의미 있는 일을 말입니다.

언제나 자신을 챙겨줘야 합니다.
나를 우선시하지 않고 삶을 살아가기에는 시간이 그렇게 길지 않습니다.

하루 하루를 소중하게 살아가세요.
그리고 자신을 위해서 살아가세요.

의미 있는 삶은 거기서부터 시작입니다.

흐린 날

날씨가 흐린 날은 왠지 모르게 마음이 먹먹해 집니다.
차라리 비라도 오면 시원한 빗소리와 함께 감성적인 하루를 보낼 텐데 그저 먹구름이 낀 날은 기분마저 흐려지는 것 같습니다.
그런 날이 여러 번 지속되면 하루 종일 우울함을 유영해야 할지도 모르겠다는 생각이 듭니다.

그런데 참 기묘하게 그런 생각이 들 때쯤이면 또 맑은 날이 찾아옵니다.
마치 어두운 날이 다 끝났으니 이제 맑은 날 차례라고 이야기를 하는 듯이요.

우리의 삶도 그렇습니다.

마냥 흐리거나 어두컴컴하지만은 않습니다.

시간이 지나면 맑은 날이 반드시 찾아오는 법이죠.

그래서 마음이 흐릴 때는 항상 생각해야 합니다.

지금이 흐린 날이니 오히려 좋다.

이제 맑아질 일만 남았다고 말입니다.

당신이 어떤 노력을 해야 하는 것은 아닙니다. 그저 흐린 날이 있을 뿐입니다.

기억하세요. 흐린 날이 있으면 맑은 날이 오는 것처럼 삶에도 밝은 날이 반드시 다가온다는 사실을요.

고통이 주는 의미

왜 아프냐고 묻는 것 보다 많이 아프냐는 말 한마디가 고통을 덜어주고 백 마디의 해결책보다 진심 어린 위로가 눈물을 거두게 한다.

어찌 해야 할지 모르는 당신에게 사람들은 쉬운 말로 같잖은 위로를 하고 자신이 현자인 것 마냥 기세등등해진다.

당신의 아픔이 다른 사람에게 작다고 해서 아프지 않은 것이 아니다.
당신에게 이야기해주고 싶다.

'너무 많은 죄책감과 죄의식 때문에 고통속에서 살지 말기를.'

가장 많이 아팠을 자신을 위로해주라고, 눈물로 얼굴을 가린 당신을 바라봐 주라고 권하고 싶다.

고통은 잠시 스쳐 지나가는 것, 그것이 당신의 전부일 수는 없다.

시간이 지나 행복이 찾아왔을 때 기쁨에 겨워
항상 웃고 있을 자신을 위해

너무 무리해서 아파하지 말기를,
자신에게 보다 관대해지기를.

겪지 않아도
될 아픔은

성장통이 아닌
고문이다.

이겨내지 않아도 괜찮다

너무 많은 걱정과 생각에 힘들어 하고 있지는 않는지
묻고 싶습니다.
내가 독해져야 모두를 지킬 수 있다는 생각에 자신에게
더 큰 상처를 주고 있는 것은 아닌지요.
너무 힘들고 아플 때는 좀 내려 놓아도 괜찮습니다.

문제 좀 생기면 어떻습니까.
조금 잘못되면 또 어떻습니까.

그런다고 세상이 무너지지 않습니다.
오히려 내려 놓을 때 얻는 것들이 더 많습니다.

아등바등 손에 쥐고 있으면 시야가 좁아지는 법입니다.
보다 대범하게 손에서 모든 것을 내려 놓으세요.

이기려고 할수록 지는 법이고
가지려고 할수록 잃는 법입니다.

자신을 옭아매지 않고 편안하게 놓아줄 때
비로소 행복함을 느끼게 될 겁니다.

나를 방해하는 것들

당신이 무언가를 이루고자 한다면 꼭 알아야 할 사실이 있습니다.
어떤 목표를 정해서 열심히 달려가려는 당신을 방해하는 누군가가 꼭 존재한다는 것입니다.

그들은 잘 알지도 못하면서 마치 다 경험한 것인 냥 아는 척을 합니다.
그리고 끝내면 다행인데 꼭 반대로 그 꿈을 이루지 못하게 설득하려고 하죠.
우리는 그런 사람들을 멀리해야 합니다.

사람은 다 자신만의 능력과 잠재력을 가지고 있습니다.
당신이 이루고자 하는 것이 생겼다면 열심히 달려나가기 바랍니다.
중간에 만나는 반대를 위한 반대론자들에게 뺏길 시간 따위는 존재하지 않습니다.
그 사람은 당신이 아닙니다.
당신에 대해 깊이 알지 못하는 사람들의 말은 가볍게 무시해도 좋습니다.

응원합니다.
당신이 이루고자 하는 것을 꼭 이루기를.

바랍니다.
달려나가는 그 모습만으로도
아름답다는 사실을 기억해주기를.

계절의 변화

이 글을 쓰는 지금은 꽃 피는 계절 봄입니다.
5월의 따뜻함 속에서 글을 쓸 수 있다는 것에 무척 감사함을 느낍니다.
아마 책이 출간될 때는 무더운 한여름 7월일 것 같습니다.

사실 얼마 전만 해도 출근길이 추워서 두터운 패딩을 입고 다니는 사람들도 여럿 있었습니다.
하지만 봄이 찾아오고 꽃들이 자태를 뽐내더니 이제는 여름이 비키라고 눈치를 주는 듯 합니다.

계절은 돌고 돕니다. 사계절이 돌아가면서 목소리를 내는 시기가 정해져 있습니다.
어느 한 계절도 침범하지 않는 암묵적인 룰이 있나 봅니다.
단 한 번도 계절은 다른 계절의 시간을 뺏은 적이 없죠.

그래서 더 아름다운가 봅니다.
계절이 오는 순서가 정해져 있기에 설렘으로 기다릴 수 있습니다.

당신은 지금 어느 계절에 계신가요?
한 가지 확실한 것은 그 계절에만 머무를 수는 없다는 것입니다.

계절은 돌고 도는 것, 당신의 계절도 그렇습니다.

그러니 힘들다고 너무 아파하지 말고 행복하다고 너무 교만하지 마세요.

다음 계절을 잘 준비하세요.

갑자기 들이닥친 변화에 의연히 대처할 수 있도록 말입니다.

모든
계절에도

당신은 항상
소중했다.

이런 사람, 저런 사람

살다 보면 별의별 사람을 다 만나게 되는 것 같습니다.
억지를 부리는 사람, 알면서도 인정하지 않으려는 사람, 화부터 내고 보는 사람, 거짓말을 일삼는 사람 등 이런 사람들의 공통점은 마음의 여유가 없다는 것입니다.
쉽게 화를 내고 또 자기가 틀릴 수 있음을 인정하면 자존심이 굉장히 상하는 사람들인 것이죠.

이런 사람들을 대할 때 똑같이 화를 내거나 억지를 부린다면 별로 좋은 결과를 얻지 못합니다.
그러니, 이 사람들이 여유가 없음을 인정하고 나 자신에게 주문을 걸어 보세요.

‘나는 여유로운 사람이다. 이런 사람들의 말에 귀 기울일 필요 없다.’ 라고 말입니다.

편안하게 자신의 생각대로 그들을 대해 보세요.
아마 당신의 생각지 못한 여유로움에 그들이 당황하게 될 테니까요.

좋아하는 일과 해야 할 일

고등학생때는 딱히 꿈이 없었습니다.

그래서 취업이 잘 된다는 공과대학을 골라서 학부를 마치고 바로 취업을 했죠.

일반적인 회사에 들어가서 봉급쟁이 생활을 하니 먹고 사는데 딱히 큰 어려움은 없었습니다.

그런 일도 7년쯤 하고 나니 이제는 기계만 봐도 구역질이 올라옵니다.

항상 그런 생각이 듭니다.

이 일을 언제까지 해야 하는 걸까, 죽을 때까지 이 일을 할 수 있을까, 뭐 그런 생각 말입니다.

그런 반면에 회사에서 유독 즐겁게 일하는 동료를 보면

참 대단합니다.
그 친구는 항상 일을 능동적이고 또 행복하게 하고 있습니다.
당연히 업무 성과도 저보다 좋은 것은 뻔한 결과였죠.

문득 그런 생각이 들었습니다.

'내가 좋아하는 일이 무엇일까, 열정을 바쳐서 행복할 수 있는 일이 있을까?'

저는 그 뒤로 책상에 앉아 노트를 꺼내 들고 무작정 쓰기 시작했습니다.
일을 해야 되는 이유부터 시작해서 삶의 의미까지 찾아보게 되는 과정이었죠.

글로 적다 보니 명확해지는 것이 한 가지 있었습니다.
다른 사람들을 행복하게 해줄 때 나 자신도 행복해진다는 것이었습니다.
그리고 생각보다 글을 쓰는 것을 좋아한다는 사실도요.

저는 오늘도 사람들에게 행복을 전해주는 글을 씁니다.
매일 같이 하루에 1개씩은 써서 나누려고 노력하는 편이죠.
독자분들의 행복이 느껴질 때 저도 함께 행복해집니다.
이제서야 좋아하는 일을 하게 된 것입니다.

사람은 좋아하는 일을 해야 합니다.
좋아하지 않는 일을 억지로 한다면 능률도 오르지 않고
만족감도 떨어지게 됩니다.
그러니 당신이 좋아하는 것을 찾아 의미를 찾고 꼭 그
일을 해내길 바랍니다.

현실적인 부분과 타협을 해야 할 수도 있겠습니다.
그러나 해야 할 일만 하고 좋아하는 일을 하지 못한다
면 삶은 굉장히 피폐해집니다.

그러니 좋아하는 일을 꼭 찾으세요.
그리고 일단 해 보세요.
생각보다 그리 오랜 시간이 걸리지도 않을 뿐더러 다가
올 만족감이 당신을 기다리고 있을 테니까요.

잘 될 것이고
잘 해낼 것이다.

도전을 두려워하지 말라.
실패하지 않고
성공하는 사람은 없다.

세상이 당신을 끌어내리더라도

세상이 당신을
억지로 끌어내리더라도

되던 일조차 잘 되지 않아
머리를 싸매는 날이 오더라도

괜찮습니다.
너무 걱정하지 마세요.

당신에게 필요한 것은
단지 시간일 뿐.

구태여 잘하려고 노력하지 마세요.
안 되는 것을 억지로 하려고 하지 마세요.

그저 시간의 흐름에 몸을 맡기세요.

발버둥치면 더 안 되는 것이
인생사입니다.

마음을 느긋하게 가지세요.
일이 잘못되어도 하늘이 두 쪽 나지 않습니다.

시야를 넓게 가지세요.
모든 걸 내려 놓아야 보이는 것이 있습니다.

믿어주세요.
반드시 정답을 찾을 것이라는 것을.

삶이 날 끌어내리더라도
내가 멱살 잡고 다시 올라가면 되는 거니까.

인생은 소설

당신의 삶은 한 편의 소설입니다.
누구에게도 존재하지 않는 당신만의 고유한 책입니다.
그러니 자신의 삶에 자부심을 가져도 좋을 것 같습니다.

그 소설의 페이지를 한 장씩 넘기다 보면 참 재미있을 것 같습니다.
어떤 날은 유쾌하기도, 어떤 날은 어이없는 일이 일어나기도 하고, 또 어떤 날은 너무나 아픈 날이 있을 것 같습니다.
인생의 희로애락이 담긴 그 한 권의 책은 계속해서 써 내려가는 중이겠죠.

저는 당신의 소설이 해피엔딩이기를 바랍니다.
지금 당장 힘들더라도 그 끝은 분명 행복으로 가득할 것이라고 생각합니다.
당신이 좋은 사람이기에, 또 노력하면서 살아가고 있기에 믿어 의심치 않습니다.

재미있는 사실은 작가의 마음대로 소설의 장르도, 결말도 정할 수 있다는 것입니다.

당신은 어떤 소설을 쓰고 계신가요?

커피도 좀 마셔요

커피 좋아하시나요?

저는 커피를 굉장히 좋아합니다. 아메리카노는 가장 좋아하는 음료 중의 하나죠.

출근하기 전에 하나씩 포장을 해서 회사에서 먹고 점심시간에는 동료들과 커피타임을 가집니다.

한때는 돈을 좀 아껴보겠다고 한동안 안 먹어 본적도 있지만 삶이 굉장히 팍팍해지는 느낌이었습니다. 물론 기분이 그런 것이겠지만요.

어쨌든 커피를 먹는다는 것은 여러가지 의미가 있는 것 같습니다.
단순히 앞에 있는 카페인 음료를 마신다는 것보다는 혼자서 혹은 사람들과 함께 카페의 분위기를 즐기며 이야기를 하고 생각을 정리하는 시간이기도 하지요.

삶이 너무 바쁘고 고단해서 커피 먹을 시간이 어디 있냐고 말씀하신다면 사실 반박할 말은 없습니다.

그래도 커피 한잔하며 쉬어가는 시간이 있었으면 좋겠습니다.
하루를 마무리는 나에게 주는 작은 선물로, 또 활기차게 살아가기 위한 에너지원으로, 여유를 즐기며 내 삶을 사랑하는 수단으로 커피는 여러가지 모습으로 당신에게 다가갈 수 있습니다.

가만히 앉아서 생각을 정리하며 미래계획을 세워 보기에도 좋은 시간입니다.

조금 쉬어 갔으면 좋겠습니다.
삶을 너무 조이면서 살아가기에는 지금 당장 누릴 수 있는 행복들이 많습니다.
카페에 가서 커피도 한잔하고, 꼭 커피가 아니더라도 음료를 마시며 삶의 여유를 가졌으면 좋겠습니다.

힘든 시기를 겪을 때 여유를 즐겼던 그때를 떠올리며 버텨낼 수 있게, 또 그 시간을 보내기 위해 지금을 이겨 낸다는 생각을 가질 수 있게 말입니다.

매일 주어지는 새로운 기회

오늘은 어제와는 또 다른 하루의 시작입니다.
어제 무언가를 실패했더라도 그것이 완전한 실패를 뜻하는 것은 아닙니다.
오늘 다시 도전해서 성공한다면 결국 해낸 것입니다.

어제는 보내주고 오늘을 살아가야 합니다.
지난 일은 되돌릴 수 없지만 미래는 자신의 힘으로 바꿀 수 있습니다.

오늘의 나는 어제의 내가 만들어낸 산물이며 내일의 결과물은 오늘의 내가 노력한 결과입니다.

그러니 하루를 살아가는 것에 최선을 다해야 합니다.

우리가 40년을 살았다고 할 때 14,600번의 기회가 존재했습니다.
당신이 어떤 목표를 세웠다면 그것을 향해 매일 최선을 다하세요.
행복해지기 위해서 노력을 다할 수도 있겠고,
이루고자 하는 것을 위해서 안간힘을 쓸 수도 있겠습니다.

분명한 것은 오늘은 어제와 또 다른 기회라는 것입니다.
오늘 실패했더라도 자책하지 마세요. 기회는 내일 또 주어지니까요.

매일 기회가 주어지는 삶이란 어쩌면 굉장한 행운일지도 모른다는 생각이 듭니다.
당신이 그 기회를 잘 잡기를 바랍니다.

지난 일은 놓아주고
오늘을 행복하게
살아가세요.

지금이 행복하면
하루가 행복해지고
인생이 행복해집니다.

Chapter 2.

그런 느낌이 듭니다,
곧 행복해질 거라고

옳은 길을 걷는다는 믿음

항상 자신을 믿어주고 격려해주어야 합니다.
나를 믿어주어야 행동에 자신감이 생기고 타인이 보았을 때도 신뢰가 생깁니다.
어떤 일을 하더라도 자신이 판단한 것을 믿고 나아가야 합니다.

그래서 처음에 판단을 내릴 때는 신중해야 합니다.
다른 사람의 말을 듣거나 혹은 누군가의 말에 현혹되면 안 됩니다.
오직 자신의 생각대로 고민 끝에 판단을 내려야만 합니다.

그 결과는 당신이 신중하게 내린 결정이기에 굳은 믿음으로 무엇이든 시작할 수 있습니다.

물론 그 생각이 틀릴 수도 있습니다.
그러나 틀림을 두려워해서는 정답을 찾을 수 없습니다.
신중한 생각을 하여 결론을 내리고 자신 있게 길을 걸어간다면 분명 좋은 성과를 얻을 수
있을 것입니다.

중간에 판단이 의심될 때도 찾아올 것입니다.
내가 잘 가고 있는 것인지, 이 길이 맞는 것인지, 의문이 들 때가 있습니다.

그럴 때는 멈춰서 다시 한번 생각해보는 시간이 필요합니다.
맞다는 생각이 들면 주저없이 생각을 닫고 앞을 향해 나아가세요.

당신이 그렇게 생각을 한데에는 분명한 이유가 존재합니다.

자신을 믿어주세요.
당신은 강인하고 현명한 사람입니다.
한 번 내린 판단을 자꾸 의심하는 것은 과거에 결론 내린 당신을 믿지 못하고 불신하는
것입니다.

그러니 항상 자신을 믿어주세요.
그리고 당당하게 나아가세요.
자신감 있는 모습이 보기 좋은 당신이니까요.

다른 사람의 잣대에
흔들리지 말아요.

내가 주체가 되어야
내 삶이 있는 것이에요.

둥그렇게 살아가요

자동차 바퀴를 보면 당연한 이야기지만 모두 동그랗습니다.

세모나거나 네모난 바퀴는 존재하지 않죠.

그래도 한 번 상상을 해본 적이 있습니다. 바퀴가 동그랗지 않으면 어땠을까 하면서요.

아마 굴러가지 않을 겁니다.

자동차 바퀴는 동그랗게 생겨야만 부산도 가고, 제주도 가고, 광주도 가고 그러는 겁니다.

삶 또한 마찬가지 아닐까요?

우리가 세모나 네모처럼 각지게 살아간다면 인생은 잘 굴러가지 않을 겁니다.
삶을 잘 살고 싶다면 동그란 바퀴가 되어야 합니다.
성격이 칼 같고 각이 졌다면 상대방도 당신을 대할 때 부담스럽고 기분이 좋지 않을 테니까요.

둥그렇게 살아갔으면 좋겠습니다.
조금 잘못되어도, 문제가 있어도 그냥 그런가보다 하고 살아가는 자세도 필요합니다.

예전에 어떤 책에서 읽은 적이 있습니다.
그저 고개를 끄덕끄덕하는 것만으로도 인생이 술술 풀린다고 합니다.
남들이 당신에 대해 뭐라고 하거나 안 좋은 소리를 해도 크게 신경 쓰지 마세요.
어차피 그 사람들은 당신을 잘 알지도 못하고 하는 말이잖아요.

일이 좀 잘못되어도 그럴 때도 있구나 하면서 넘겨보는 거예요.

생각보다 신경 쓰지 않으면 편안하게 삶을 살아갈 수 있어요.
그리고 그 편안함은 행복으로 당신을 이어줄 거예요.

오늘부터 둥그렇게 살아가기로 해요.
그리고 원하는 곳으로 인생을 움직이기로 해요.
아마 각이 졌을 때보다 훨씬 도착하기 쉬울 거라고 확신합니다.

좋은 날은 갑자기 찾아온다

소위 말하는 잘 나가는 친구들을 보면 여러가지 생각이 듭니다.
저 친구들은 저렇게 잘 살고 있는데 나만 뒤처지는 것은 아닐까, 원래부터 이렇게 떨어지는 사람이었나, 그런 생각 말입니다.

생각해보면 큰 불만을 가질만한 일은 아니었습니다.
그 친구들은 어릴 때부터 나름대로의 노력을 통해 지금의 성과를 얻어낸 것이니까요.
저는 그저 성공한 사람의 단면만 보며 부러워했을 뿐이죠.
알면서도 그렇게 느낍니다. 나만 뒤쳐졌다, 부럽다, 그런 생각들 말입니다.

그 친구들이 하는 말 중에 공통적인 것들이 있습니다.
자기가 이룬 것들은 천천히 이루어지지 않았다고요.
계속되는 노력 끝에 갑자기 기회가 한 번에 오더라는 것입니다.

그렇습니다.
생각해보면 우리가 무언가를 해내려고 할 때는 서서히 이루어지기 보다는 노력을 계속해서 하다 보니 어느새인가 성공한 모습이 더 많았습니다.

아무리 노력해도, 안 될 것 같아도 하다 보면 어느 순간 합격을 했거나, 기회가 찾아왔었죠.
하지만 그 직전에 포기했다면 그런 기회들은 오지 않았을 겁니다.

좋은 날은 갑자기 찾아옵니다.
그러나 아무것도 하지 않은 상태에서는 아무것도 오지 않습니다.

계속되는 노력과 힘씀이 좋은 날을 찾아오게 만듭니다.
그 때가 언제인지는 아무도 알 수 없기에 노력이라는 시간이 굉장히 힘든 것은 사실입니다.
그러나 그 시간들을 누릴 수 있음에 기뻐하는 마음으로 지내보는 것은 어떨까 싶습니다.

이미 노력을 포기한 사람에게는 좋은 날이 올 기회조차 없습니다.
그러나 당신은 그 기회를 기다리며 열심히 노력하는 사람입니다.

반드시 그 날이 찾아올 것입니다.
그때까지 우리는 손에서 희망을 놓지 않아야 하겠습니다.

노력하는 자에게는 기회의 시간이 오지만
노력하지 않는 자에게는 기회의 시간도 빗겨간다.

사랑하는 사람이 함께한다면

사람이 가장 버티기 힘든 것 중의 하나를 꼽으라면 외로움이라 말하고 싶습니다.
이 녀석이 재밌는 점은, 어느정도 해결이 되면 한동안 찾아오지 않다가 시간이 지나면 스멀스멀 다시 기어 나온다는 것입니다.

아무리 혼자사는 세상이 찾아왔다고 하지만 따지고 보면 완벽하게 혼자는 또 아닙니다.
사람들을 가끔씩 만나고, 좋아하는 사람과 데이트도 하면서 외로움을 채워 나가죠.
아마 아예 교류를 하지 않는 사람은 손에 꼽힐 것입니다.

사람은 외로움으로부터 자유로울 수 없습니다.
당연히 외로움이 함께한다면 행복하기도 힘들겠지요.

그래서 항상 사랑하며 살아가야 합니다.
연애를 하라느니, 결혼을 하라느니 그런 이야기는 아닙니다.
다만 내 주변의 사람들을 소중히 생각하며 살아가야 한다는 것입니다.

사랑하며 애정을 줄 때 그 사람들도 당신에게 따뜻함으로 보답할 것입니다.
사람사는 인생은 다 그렇게 돌고 돌아가며 살아집니다.

언제나 사람들을 사랑하며 살아가세요.
나이를 먹을수록 더 외로워지는 것이 인생사입니다.

가까운 곳부터 사랑하세요.

나 자신을 먼저 사랑하고, 가족을 사랑하고, 주변의 소중한 사람들을 아껴주세요.
그리고 먼 곳을 사랑해주세요.
마트에서 계산을 해주시는 점원 분, 매일 출근을 책임져 주시는 버스기사님, 가끔씩 연락하는 지인들도요.

당신의 따뜻한 마음이 전파될 때 사람들도 행복해집니다.
또 그 사람들도 자연스레 따뜻함을 전하러 다니겠죠.

그렇게 아름다워집니다.
당신의 마음 하나에 세상이 아름다워집니다.

당신은 소중하고 멋진 사람입니다.
세상을 아름답게 만들기 시작한 사람이니까요.

사랑이 없다면
죽은 것이나 다름없어요.

잘 산다는 것

사람들은 흔히 말합니다. 잘 살고 싶다고. 잘 사는 것이 어떤 것인지 주변 사람들에게 물어본 적이 있습니다.
대부분이 하는 말은 '노후준비 잘해서 건물주가 되는 게 꿈이야. 놀고먹는 게 잘 사는 거지 뭐.' 그렇게 이야기를 하더군요.
또 어떤 사람들은 '하루하루 행복하게 사는 게 잘 사는 거다.' 라고 이야기를 해주기도 했습니다.

제가 생각하는 잘 사는 것의 의미는 바로 '나 답게 사는 것' 이라는 생각이 듭니다.
내 삶에 내가 빠지면 아무 의미가 없기 때문입니다.

나답다는 것은 어찌 보면 심오한 뜻이기도 합니다.
과연 나 다운 게 무엇일까, 내가 원하는 게 무엇일까 깊게 생각해 보는 시간이 되기도 합니다.

당신이 원하는 것, 이루고 싶은 것들을 남의 말에 귀 기울이지 않고 실행할 때 나 답다고 이야기 할 수 있겠습니다. 그것이 꼭 남들이 부러워하거나 존경스러운 일일 필요는 없습니다.
나 다운 것은 내 마음속에서 바라는 고유한 삶이기 때문입니다.

그래서 잘 살고자 한다면 자신에게 집중해야 합니다.
나 자신이 줏대가 서서 남들의 말에 휘둘리지 않는 삶을 살아가야 합니다.

모두가 마음에 품고 사는 삶이 있습니다.
내가 원하는 삶이 꼭 거창해야 하는 것은 아닙니다.

만약 당신이 꿈꾸고 있는 삶이 있다면 지금 당장 시작하세요.
인생은 내일을 장담할 수 없고 시간은 기다려주지 않습니다.
미루고 미루다 보면 어느 순간 또 다시 열정의 불꽃은 꺼질 것입니다.

당신이 나 다움을 찾고 자신의 인생을 살아갈 때 비로소 잘 살아가고 있다고 말할 수 있을 것입니다.

완벽하지 않기에 더 아름답다

첫 책을 낼 때가 생각납니다.
그 때는 정말 모든 집중력을 동원해서 좋은 책을 내겠다고 혈안이 되어있었죠.
그래서 정말 완벽한 원고를 쓰기 위해 최선을 다했습니다.
문법 하나하나, 철자 하나하나, 내용의 전체적인 흐름, 내가 전하고자 하는 메시지 등등 여러가지 것들에 대해 검토하고 또 검토하였죠.
아마 원고를 100번은 다시 봤을 겁니다.

그리고 나름대로 완벽하다고 생각했을 때 출판사에 투고를 했습니다.

책으로 나오고 만족할만한 성과를 거두었다고 생각하며 읽어 나가던 중 마음에 들지 않는 구석을 발견합니다.
이 부분은 이렇게 고쳤으면 어땠을까, 조금 다른 이야기를 덧붙였으면 더 좋은 원고가 되지 않았을까 하는 생각이 들었습니다.

그렇습니다.
완벽하다고 생각한 원고에도 흠이 있고, 시간이 지나 다시 보았을 때 생각지 못한 오류를 찾게 됩니다. 그때는 완벽하다고 생각했는데, 지금 다시 보니 부족함이 느껴지기도 합니다.
왜 그런 것일까요. 그때는 왜 그런 것들을 찾지 못했던 것일까요.

해답은 '떨어져서 보이는 것들' 이었습니다.
그 당시에 완벽한 원고를 위하여 최선을 다하다 보니 시야가 좁아졌던 부분이 생겼죠.
그러다 보니 큰 틀을 보지 못하고 원고 그 자체에만 집중했을 수도 있다는 생각이 들었습니다.

저는 여기서 또 한가지를 깨달았죠.
'완벽 하려고 할수록 중요한 것에서 멀어진다' 라는 사실을 말입니다.

살아가면서 많은 일들을 할 때 가장 중요한 것에만 집중하고 나머지는 그저 적당한 정도의 힘으로 해 나갔으면 좋겠습니다.
너무 완벽하려고 한다면 불필요한 에너지까지 소모시켜 성과를 더 좋지 못하게 만드는 경우가 많습니다.

그리고 안타까운 사실이지만 완벽이라는 것은 허상에 불과합니다.
완벽에 가깝게 하기 위한 노력이 존재할 뿐입니다.

그러하기에 완벽 하려고 하지 말고 완벽하기 위한 과정을 즐기시기를 바랍니다.
이번에 마음에 들지 않는 부분이 존재한다면 다음에 조금 더 보완하면 됩니다.

오늘의 실수가 자기전에 떠올랐다면 그것 또한 내일 해내면 됩니다.
삶은 기회의 연속이며 항상 수정할 수 있습니다.

그러니 지금이 마지막이라는 생각으로 자신을 옭아매지 않았으면 합니다.
사람도 너무 완벽해 보이면 빈틈이 없고 사람냄새가 나지 않습니다.
약간의 실수도 하고 허당끼도 있어야 사람다운 면이 존재하죠.

우리의 삶은 완벽하지 않음을 인정하고 그 안에서 발전해 나갈 때 더 아름답습니다.
보다 중요한 것들을 놓치지 않도록 우리의 완벽하고자 하는 욕구를 조금 놓아주는 것이 어떨까 생각해 봅니다.

지난 일은 지나간 대로

과거를 생각하느라 오늘에 충실하지 못한 것만큼 어리석은 일은 없습니다.
우리는 지난날을 되돌릴 수 없어요. 그저 놓아주어야 하는 것이죠.

하지만 다가올 미래는 바꿀 수 있습니다.
내일을 바꾸기 위해서는 오늘을 잘 살아가야 합니다.
흔히 완벽하고자 하는 사람들은 특히 지난일을 더 생각하기 마련입니다.
이랬으면 어땠을까, 저랬으면 어땠을까 생각하면서 말입니다.

그러나 그런 것들은 모두 쓸데없는 걱정에 불과합니다. 완벽할 수도 없을 뿐더러 이미 벌어진 일은 다시 돌이킬 수도 없으니까요.
지난 일에 대한 후회보다는 깨끗이 잊고 미래를 대비하는 것이 더 옳습니다.
당신의 몸에 배긴 그 교훈은 살아갈 날들에 고마운 경험이 될 것입니다.

과거를 손에서 놓아줄 때
삶이 얼마나 행복한지 깨닫습니다.

쉬어야 보이는 것들

너무 바쁘게만 살아가다 보면 주변의 소중한 것들에게 소홀히 하게 됩니다.
내 사람, 내 사랑, 내 가족, 내 행복들이 어느새 내 것이 아닌 현실을 마주할 때가 종종 있죠.

사실 삶은 뛰어가기만 한다고 해서 정답은 아닙니다.
항상 휴식이 필요하고 가는 와중에도 다시 돌아보며 점검해야 하죠.
열심히 달려가서 이루어 내면 뭐하겠습니까.
하나만 바라보고 달려간 사람에게는 나머지 것들이 떠나가거나 잃어버린 뒤일 것입니다.

우리는 항상 쉬어가야 합니다.
직진만 한다면 옆에 있는 것들이 보이지 않습니다.
곁에서 나를 기다리는 내 삶의 동반자, 집에서 전화만 기다리고 계시는 부모님, 놀아달라고 떼를 쓰는 아이들, 소소하게 즐길 수 있는 행복들, 많은 것을 놓칠 수 있습니다.

그러니 조금은 쉬어 갔으면 좋겠습니다.
계속해서 앞서 나가야 했던 자신에게 고생 많았다고 다독여 주세요.

그리고 옆을 돌아보세요.
기다리고 있는 사람들에게 당신이 돌아왔음을 알려주세요.

나에게 소중한 건 바로 너희들이라고,
당신들이 가장 소중하다는 마음이 전해지도록
따뜻함을 나눠 주기를 바랍니다.

별이 빛나는 밤

한 때 별을 보는 것에 심취해 있던 때가 생각이 납니다.
주말이 되면 회사 차를 빌려서 강원도 안반데기로 별을 보러 가고는 했죠.
겨울이 가장 잘 보이는 시기라고 해서 그 추운 날에도 옷을 두텁게 껴입고 꾸역꾸역 올라갔습니다.
미리 주차를 해두고 포장해온 햄버거를 먹으며 별을 기다립니다.
기다리며 먹는 컵라면과 햄버거는 별 보는 시간의 매력을 배가 시켜주는 것 같습니다.

그렇게 밤이 되기를 기다립니다.

이윽고 새까만 밤이 되면 하늘에 수많은 별들이 자기를 봐 달라며 자태를 뽐냅니다.
여기저기서 사진과 동영상을 찍는 소리가 들립니다.
저도 사진을 몇 장 찍기는 하지만 이내 핸드폰을 집어 넣습니다.
좋은 풍경은 가슴에 담는 거라고, 보고 싶으면 또 와서 보면 된다고, 카메라 액정에 비치는 것에 만족하기 보다는 내 눈으로 직접 보자는 생각에 그렇습니다.

겨울 밤 하늘의 별은 정말 예쁩니다.
어떤 별은 크면서 금방이라도 쏟아질 것처럼 반짝거리고, 또 어떤 별들은 희미 해져서 곧 꺼질듯한 촛불과 같습니다.

그렇게 별을 보고 있으면 여러가지 생각을 하게 됩니다.
내가 잘 살아왔는지, 앞으로는 어떻게 살아가야 잘 살아가는 것인지 뭐 그런 생각들 말입니다.

별들은 저 반짝이는 시간을 위해서 하루에 18시간 이상을 낮에 가려진 채로 지내야 합니다.
밤 중에서도 가장 깊은 밤 6시간 정도를 밝히기 위해서 말입니다.

누가 봐주지 않더라도 언제나 그 자리를 지키고 있습니다.
자신들이 밝아질 시간을 기다리면서요.

우리도 그렇습니다.
반짝이는 별처럼 당신의 인생도 빛을 볼 날이 반드시 찾아올 겁니다.
지금 삶이 그렇지 못한 것은 낮에 떠있는 별과 같은 시간을 보내고 있기 때문입니다.

반짝이는 시간이 24시간 중 6시간일지라도 그 시간은 반드시 찾아오는 것이 자연의 이치입니다.

그러니 인생을 너무 비관하지 마세요.
오늘 하루를 최선을 다해 살아가세요.
누구에게나 별의 시간이 꼭 찾아올테니까요.

별의 아름다움을
느낄 수 있는 것은

그들이 반짝이지 않는
시간을 이겨낸 것에 있다.

부딪혀봐야 압니다

당신은 생각보다 강한 사람입니다.
남들이 어떻게 생각하건 자신을 낮게 평가해서는 안 됩니다.

벼룩도 병뚜껑을 닫아 놓으면 뚜껑까지 밖에 못 뛴다고 생각해서 뚜껑을 열어도 그 높이 밖에 뛰지 못한다고 합니다.

그러니 당신이 해내지 못할 거라는 생각은 안 했으면 좋겠습니다.
뭐든지 부딪혀 봐야, 맞는지 아닌지 알 수 있습니다.

해보지도 않고서 머릿속으로 시뮬레이션만 돌리는 것은 공상에 가까울 뿐이죠.

할 수 있다.
할 수 있다.
할 수 있다.

세 마디만 하고 시작하면 뭐든지 해낼 당신입니다.

예전에 다이어트를 하던 때가 생각이 납니다.
그때는 정말 살을 빼고 싶은 욕구가 절실했던 시절이었죠.
항상 다이어트에 실패했기 때문에 다시 좌절을 겪게 될 것만 같은 생각이 머릿속을 지배했습니다.

다만 전과 다른 것은 40kg을 뺀 동생의 한마디가 마음에 와 닿았다는 것입니다.

"형이 살을 못 빼는 거는 나약해서가 아니야. 더 이상 시도를 하지 않아서 못 빼는 거야. 나도 30번 넘게 시도했다가 1번 성공해서 살을 뺀 거야. 형은 몇 번 해보지도 않고서 그래?"

그렇습니다.
제 문제는 나약해서가 아닌, 다시 질 것이라는 패배의식에 시도조차 하지 않았던 것이었습니다.

항상 모든 것은 계속해서 도전하고 부딪혀야 합니다.
첫 술부터 배부를 수 있겠습니까.
매일 같이 주어지는 기회에 항상 도전한다면 언젠가는 그 꿈을 이룰 날이 올 겁니다.

자신감을 잃지 말고 해 봅시다.
지더라도 이겨보려고 해 봅시다.
아마 이루지 못할 목표는 없을 것입니다.

인생의 중간쯤 온 당신에게

고생 많으셨습니다.
삶의 중간쯤 왔다는 것은 당신이 그 시간을 전부 버텨 냈다는 것을 의미합니다.
누구나 살아낼 수 있었다고 생각할 수도 있겠지만 희로애락이 가득한 삶을 살아낸다는 것은 생각보다 어려운 일입니다.

당신이 무언가를 꼭 이루지 않았어도, 해낸 것이 딱히 없다고 해도 칭찬받아 마땅합니다.
그저 인생을 살아왔다는 것 하나만으로도 대단한 일을 해낸 겁니다.

삶을 살아가며 뒤돌아보는 것은 필요한 일이지만 인생의 중간쯤 왔다고 생각하는 당신에게는 더욱 그러함이 필요합니다.
인생의 전반전을 어떻게 보냈고, 앞으로 보낼 후반전은 어떻게 보낼 것인지에 대한 전략이 필요한 셈이죠.
긍정적으로 생각해도 될 부분은 어리고 젊은 날이 있었기에 삶의 후반전은 더 길고 멋지게 보낼 수 있다는 것입니다.

어리다고 얘기하기에는 무리가 있으나 늙었다고 얘기하기에는 너무 어울리지 않는, 당신은 젊은 사람입니다.

삶의 중간쯤 왔다고 해서 혹시 이미 다 산 것처럼 행동하지는 않는지 여쭙고 싶습니다.
그대여, 그 생각을 거두소서.

당신은 앞으로 살아갈 날이 더 많을 것이며 이뤄낼 것이 많은 젊은이 입니다.

지금까지의 삶을 돌아보고 앞으로 살아갈 날들에 대해 생각해보는 시간을 가졌으면 합니다.
후회되는 일이 있다면 바로 잡기 위해 노력해볼 수도 있고, 도전하지 못한 일이 있다면 과감하게 해 보아도 될 것 같습니다.

당신은 아직 젊기에 또 충분히 마음먹은 대로 해낼 수 있는 시간이 있기에 삶은 지금부터 시작이라고 이야기 해주고 싶습니다.

삶이라는 선물

삶은 신이 주신 선물입니다.
우리가 태어나지 않았다면 죽은 것과 같은 시간을 보내고 있었을 겁니다.
어찌 보면 신이 주신 보너스 같은 것이죠.

그래서 우리는 이 보너스를 어떻게 활용할지 잘 선택해야 합니다.
어떤 사람은 행복해지기 위해 사용할 수도 있겠고, 또 어떤 사람은 사서 불행해지기 위해 노력하는 사람도 있겠습니다만 굳이 사용하자면 행복해지는 것에 사용하는 것이 어떨까 싶습니다.

행복은 사람의 본능입니다.
본능을 거부하며 살아가는 것은 고단한 삶의 시작을 의미하죠.
삶이라는 선물을 잘 활용하기 위해서는 행복하게 잘 살아가는 것이 필요 합니다.

아쉽게 느껴질 수도 있겠으나 삶이라는 녀석은 언제 어떻게 다시 사라질지 모릅니다.
무거운 이야기이기는 하지만 당장 내일이 될 수도 있고, 며칠 뒤가 될 수도 있습니다.
지인에게 받은 좋은 선물도 자주 쓰기 위해 노력하는데 하물며 시간이 정해진 선물은 뜻깊게 써봐야 하지 않을까요?

우리의 인생을 쓸데없는 곳에 낭비해서는 안 됩니다.

걱정을 하면서 하루를 보낸다든가 일어나지도 않은 일에 대해서 시뮬레이션을 계속해서 돌려 본다든가 남이 나를 미워하지는 않을지 의식을 한다던가 나 자신을 미워한다던가 사랑하는 사람을 믿지 못하여 상처를 준다던가 혼자만의 생각에 잠겨서 주변 사람들을 이해해주지 못한다던가 지나간 과거의 잘못에 갇혀서 오늘을 후회로 살고 있다던가 쓸데없는 일에 죄의식과 죄책감을 느끼고 있다던가 나 다운 삶을 살지 못하고 있다던가 하는 것들에 대해서 말입니다.

이러한 생각과 행동은 인생을 낭비하고 갉아먹는 것들입니다.
이 중에 단 하나라도 해당된다면 가차없이 생각을 고이 접어 휴지통에 던져 버리고, 오늘을 행복하게 살아갈 생각만 하시기를 바랍니다.

어제는 지나간 과거이고
오늘은 소중한 선물이며
내일은 다가올 행복입니다.

쥐려 할수록 빠져나가는 것들

20대 초반에 정말 연애가 하고 싶었습니다.
그래서 살도 열심히 빼고 미용실에서 파마도 하고 옷도 사 입으면서 여자들에게 인기 있는 남자가 되려고 노력했죠.
그렇게 열심히 어필을 해보았으나 결과는 참담했습니다.
그냥 저 구석에 인기 없는 남자아이 중의 하나였던 것입니다.
아직도 그때가 떠오르는 걸 보면 힘들긴 힘들었던 모양입니다.

그런데 참 아이러니한 사실은 연애를 포기하고 내 할 일을 열심히 하면서 살아가다 보니 자연스럽게 기회가 찾아 오더라는 것입니다.
필요할 때는 세상이 거부하고, 막상 관심이 없을 때는 찾아오는 이런 상황을 어떻게 설명할 수 있을까요.

생각해보면 20대 초반에는 여유가 없었던 것 같습니다. 어떻게든 여자친구를 사귀어 보겠다는 일념 하나로 돌진했으니 여자들이 얼마나 부담감을 느꼈을 지 이제서야 조금 이해가 되는 부분입니다.

반면에 연애를 포기하고 내 할 일을 열심히 했다는 것은 그만큼 부담스러움을 내려놓게 되었다는 이야기로 해석할 수도 있겠죠.

저는 연애를 손안에 쥐려고 했던 것 같습니다.
어떻게든 여자친구를 사귀고 싶다는 일념 하나로 말이죠.
그러다 보니 기회가 더 빠져나갔던 것입니다.

모든 것이 그렇습니다.
사람도, 사랑도, 돈도, 인생도 쥐려 하면 할수록 손에서 빠져나가는 법입니다.

모든 것은 바닷가의 모래 알갱이와 같습니다.
쥐려 하면 손안에서 다 빠져나가버리고 가만히 놔두면 그 안에서 따뜻하게 남습니다.
혼내려고 하면 더 반발하는 사춘기 아이들처럼 말입니다.

세상은 그렇습니다.
욕심내면 낼수록 가지고 싶은 것과 멀어지는 법입니다.
그러니 주먹을 펴고 살아야 합니다.
가지고 싶다면 오히려 느슨하게 손을 펴고 살아야만 가질 수 있는 법입니다.

사람을 대할 때도, 인생을 살아갈 때도, 사랑을 할 때도 항상 기억하시기를 바랍니다.

손에 쥘 수 있는 것은 아무것도 없다는 것을, 그저 배려하고 존중해줄 때 손안에 따뜻이 남는다는 것을 말입니다.

쥐고 있는 것을
가만히 놓아줄 때
비로소 가지게 될 것입니다.

가치를 알아주는 사람

출판사에 투고를 하다 보면 여러 번의 좌절을 맞이하게 됩니다.
요 근래 신입작가님들의 책 출간을 도와드리면서 더욱 크게 와닿습니다.

사실 작가님들의 원고는 다른 책들과 비교해도 손색이 없습니다.
글을 정말 잘 쓰시는 분들도 계시고 필력이 뛰어나지는 않아도 자기만의 스토리텔링이 잘 되신 분들도 계시기 때문에 각자의 개성이 넘치는 원고들이죠.

이런 좋은 글들은 세상에 빛을 봐야 한다는 생각을 항상 가지고 있습니다.

하지만 실제로 투고를 해보면 현실은 녹록치 않다는 것을 깨닫습니다.
모든 출판사가 원고를 퇴짜 놓는 것은 아니지만 철학이 다르고 원하는 종류의 원고가 다르기에 여러 번의 시도가 항상 필요했습니다.

노력은 결과물을 얻어내는 법입니다.
그러던 와중에 글의 진가를 알아주는 출판사와 계약을 맺게 되면 여러가지 지원을 받으며 작가로서의 입지를 다질 수 있게 됩니다.

저를 찾아오시는 신입작가 분들께 항상 이야기합니다.

"당신의 가치를 알아주는 출판사와 일을 하세요. 출판사의 규모는 상관없습니다. 가치를 아는 출판사는 당신을 소중히 여길 것이고 좋은 글을 세상에 알리기 위해 노력할 것입니다."

실제로 제가 도와드린 작가님들은 대다수가 출간계약을 맺었고 세상에 책이 나오기 시작했죠.
가치를 알아주는 사람과 일을 하는 것은 굉장히 중요합니다.
당신의 능력이 모자라서 혹은 문제가 있어서 인정을 받지 못하는 것이 아닙니다.
그 사람의 생각과 철학이 당신과 맞지 않기 때문입니다.
축구감독에 따라 유능한 선수들이 대거 물갈이 되는 것처럼 말입니다.

그러하기에 일의 만족감을 느끼고 싶다면, 또 성공하고 싶다면 당신의 재능을 귀히 여기는 사람들과 함께해야 합니다.
모두에게는 각자의 재능이 있습니다.
없다고 생각된다면 아직 발견하지 못한 것뿐입니다.

자신에 대해 깊게 생각해보고 여러가지를 시도해보면 잘할 수 있는 영역이 반드시 존재합니다.
그 부분을 찾고 능력을 알아주는 사람들과 일을 할 때보다 능률적이고 또 만족감 있는 결과를 얻으실 수 있을 것입니다.

잘 잤으면 좋겠습니다

밤 잠을 자려고 누우면 쉽게 잠이 들지는 않습니다.
뒤척거리며 핸드폰을 보다 보면 어느새 11시가 다 되죠.
무언가 잠을 자기에는 아쉬운, 그렇지만 자지 않으면
다음날 굉장히 피곤해지는 그런 시간입니다.

낮에 있었던 일들이 떠오릅니다.
그때 내가 말을 조금 더 조심했으면 어땠을까, 혹시 상처가 되지는 않았을까, 내일 해야 할 일은 어떻게 해야 할까, 여러가지 생각이 듭니다.
그러다 보면 자야 하는 시간이 훌쩍 지나가 버리죠.

계속되는 걱정으로 잠에 들지 못하는 밤이 되면 남이 해주는 이야기가 많이 와 닿습니다.
예를 들면 잠을 잘 수 있도록 내레이션을 해주는 유튜브라던가, 수면 음악을 들으면 잠이 잘 오죠.

그래서 혹시 당신도 잠에 들지 못하고 있다면 제가 이야기해 드리겠습니다.

"오늘은 꼭 잘 자요, 다 잘될 거니까요."

그저 위안을 주는 말일 수도 있지만 사실이 그렇습니다.
아직 일어나지도 않은 일을 걱정하는 것이 무슨 의미가 있을까요.

당신은 잘 해내 왔기에 위기가 닥쳐도 잘 극복해 낼 사람입니다.

걱정은 놓아주고 잠에 들기로 해요.
내일은 오늘보다 더 나은 하루가 될 테니까요.

거절할 줄 아는 용기

좋은 사람이 되고자 하는 사람들이 흔하게 하는 착각이 있습니다.
남들의 부탁에 항상 응해야 된다고 생각하는 것이죠.

좋은 사람과 남에게 끌려 다니는 사람은 전혀 다른 부류입니다.
사람들이 여러가지 부탁을 하지만 그 중에서도 당신이 들어줄 부탁과 쳐내야 할 부탁은 명확하게 기준이 서있어야 합니다.
그렇지 않으면 괜히 잘 해내지도 못할 일을 맡아서 자신도 난처해지고 부탁한 사람도 난처해지기 때문입니다.

그래서 뭐든지 거절할 줄 아는 용기가 필요합니다.
마음이 약해서 다 들어주고 해내려고 하면 자신이 소중히 생각하는 시간을 낭비하게 됩니다.
그 사람은 오히려 당신의 그런 점을 알고 더 들어주기 힘든 일을 맡기려고 할 수도 있겠습니다.

거절은 미안함이 아닙니다.
당연히 당신이 가져야 할 권리입니다.

거절한다고 해서 나쁜 사람이 된다고 생각하지 마세요.
오히려 자신에게 좋은 사람이 되는 것입니다.

내가 할 수 있는 일과 못하는 일을 명확히 구분 짓고 그 선에서 항상 움직이세요.
못하는 일을 굳이 애써서 할 필요 없습니다.
잘하는 일에 대해서 사람들에게 도움이 되는 것만으로도 충분히 좋은 사람이 되는 것입니다.

그러니 거절하세요.

해주지 못하는 일에 대해서는 단호하게 거절할 줄 아는

그런 사람이 되시기를 바랍니다.

남 챙길 시간에
나부터 챙겨요.
세상에서 당신보다
소중한 건 없어요.

소통의 부재

항상 표현하는 것은 중요합니다.
말을 하지 않아도 혹은 표현을 하지 않아도 상대방이 알아줄 거라는 생각은 그저 바램에 가깝습니다.

생각을 전달하는 것은 연인관계에서 특히 더 필요합니다.
요새 이혼율이 높다고 합니다. 사실 이혼의 가장 큰 이유는 소통의 부재입니다.
말을 하지 않으니 점점 오해가 쌓이고 개선될 여지가 없어지는 것이죠.

그래서 우리는 항상 상대방에게 내 의사를 전달하는 연습을 해야 합니다.
말을 전달하는 것은 나의 마음을 전달하는 일입니다.
내 속을 드러내는 것이 낯간지럽다고 생각할 수 있으나 오해가 쌓여 사이가 소원해지는 것보다는 훨씬 나은 일입니다.

표현하세요.
좋은 것을 받으면 고맙다고, 싫은 것은 싫다고 이야기해주세요.

다른 사람에게 안 좋은 이야기를 하면 자신이 나쁜 사람이 된다고 생각하는 분들도 있습니다.
하지만 표현을 안 해서 상대방이 나를 나쁘게 생각하면 정말 나쁜 사람이 됩니다.
그러니 마음 놓고 싫은 건 싫다고 이야기해주세요.

자신을 드러내지 않고 속으로만 삭히는 사람은 한 사람과 깊은 신뢰를 쌓을 수가 없습니다.
속내를 드러내지 않는다는 것은 상대방을 믿지 못한다는 이야기가 되고 그것을 느낀 사람 또한 마음을 열기가 어려워지죠.

상대방과 특별한 관계를 맺고 싶다면, 깊은 신뢰를 얻고 싶다면 '내가 이런 사람이다.' 라는 것을 보여주세요.

그리고 표현하세요.
마음을 연 당신에게 상대방 또한 신뢰로 함께할 테니까요.

말을 예쁘게
하는 사람은
마음도 아름답다.

모든 것은 지나갈 거야

안타까우면서도 긍정적으로 생각할 수 있는 부분은 우리 머릿속에 지우개가 존재한다는 사실입니다.
어제먹은 점심도 기억하기 힘들 정도로 지우개는 열심히 자기 할 일을 하고 있습니다.

어쩌면 사진을 찍는다는 것은 그렇게 잊혀져 가는 추억들을 기억하고자 하는 노력의 행위라는 생각이 듭니다.
물론 잊혀진다는 것은 안 좋은 의미로 생각될 수도 있으나 사실 긍정적인 부분이 더 많습니다. 기억하고 싶은 것은 기록해두고 꺼내 보면 됩니다.

하지만 안 좋은 기억을 굳이 기억하고자 메모해두는 습관을 가진 분은 없겠죠.

그렇기에 잊혀진다는 것은 생각보다 좋은 의미를 뜻합니다.
10년 전에 크게 안 좋았던 일도 지금은 좋은 경험 혹은 지나간 일로 미화되기 마련이죠.
시간이 흐르면 힘들었던 모든 것은 크기가 작아집니다.
지금 너무나도 힘들다고 이야기할 수 있겠습니다.
저도 당신의 그런 힘듦에 깊이 공감하고 위로해주고 싶습니다.

모든 것은 지나갑니다.
이 고통의 시간도 아픔도 시간이 지나면 다 잊혀지고 그저 인생에서 지나가는 찰나에 불과하다는 사실을 깨닫게 될 것입니다.

그러니 너무 아파하지 마세요.
아픔을 위한 아픔은 넣어두어도 좋습니다.
다 좋아질 거고 괜찮아질 겁니다.
길지 않은 날에 당신은 생각하게 될 것입니다.

'그때는 왜 그런 걸로 이렇게 힘들었지, 눈 앞에 있는 행복이 이렇게 많은 걸.'

지금의 아픔 때문에 행복을 놓치지 말아요.
행복은 찰나와 같아서 나중으로 미루면 느낄 수 없어요.

당신이 행복하다고 생각하면 바로 행복해져요.
그러니 지나갈 아픔은 놓아주고 우리 주변에서 행복과 감사함을 느끼기로 해요.

좋은 일이 생기겠다.
고통 뒤에는 행복이
찾아오는 법이니까.

Chapter 3.

괜찮아요,

최선을 다했으니까

정답은 내 마음속에

행복을 위해 여러가지 노력들을 합니다.
돈을 벌기 위해 노력하는 사람도 있고, 가족을 위해 함께하는 시간을 늘리는 분들도 계십니다.
행복해지는 방법에는 여러가지가 있는 것이죠.

힐링의 시간을 보내는 사람들이 바쁘게만 사는 사람들에게 가끔 이런 말을 합니다.
그렇게 삶을 살다 가는 행복한 시간이 다 지나간다고 말입니다.

그런데 사실 바쁘게 살아가면서 행복감을 느끼시는 분들은 쉴 때가 오히려 버티기 힘든 시간이라고 합니다.
자기가 원하는 일을 하고 목표를 설정하여 이루어 나가는 과정에서 행복을 느끼기 때문이죠.

이렇게 행복의 요소는 전부 다르고 성향마다 차이가 납니다.
그렇기에 텔레비전에 나오는 사람들의 행복해지는 법을 따라하기 보다는 자신이 생각하는 행복의 조건들을 세워보는 것이 중요합니다.

행복노트를 만드는 것도 좋은 방법이 될 수 있습니다.
내가 좋아하는 것들로부터 행복해지는 방법들을 작성해보는 것이죠.
생각만 하는 것과 눈으로 직접 보는 것의 차이는 크기 때문에 써보는 것은 행복을 보다 구체화 할 수 있습니다.

그렇기에 남들이 이렇게 하면 좋다, 저렇게 하면 좋다는 말을 따라하기보다는 자신이 생각하는 행복의 기준을 정하고 그것을 이루어 나갈 때 진정한 행복의 길로 들어설 수 있으실 것이라고 생각됩니다.

행복해지는 것 말고는
크게 신경 쓰지 않아도
될 문제들입니다.

사람을 대할 때의 마음가짐

중학교 시절에는 친구가 참 많았습니다.
그 때는 친구에 살고 죽는 의리 있는 사람이었던 것 같습니다.
왜 그랬는지는 모르지만 친구들만 있다면 모든 것을 다 가진듯한 느낌이었죠.

하지만 고등학교에 들어가니 그때 친했던 친구들은 거의 사라지고 일부만 남게 되었습니다.
대학교 때는 아예 남지 않았죠. 그때 느꼈던 부분이 있습니다.

사람은 거리와 몸이 멀어지면 어쩔 수 없이 사이가 소원해질 수밖에 없다는 사실을요.

그래서 지금은 사람을 대할 때 순간에 최선을 다하는 편입니다.
언제 다시 만날지 모르기에, 오늘이 마지막일 수 있기에 항상 잘해주려 하고 좋은 인상을 심어주고자 노력합니다. 저를 위해서 보다는 사실 그 사람이 행복한 순간이 되기를 바라는 마음에서 말입니다.

우리는 서로가 다를 수 있다는 것을 인정해야만 합니다.

'저 사람이 왜 내 생각처럼 움직여주지 않지, 아무리 생각해도 이건 상식에서 벗어난 행동이야.'

라는 생각이 들어도 다를 수 있다는 것을 생각해야만 그 사람을 이해할 수 있습니다.
자라온 환경도 다르고 생각도 다르기 때문에 말하는 방

식도, 행동도 다를 수밖에 없습니다.

반면에 상대방 입장에서는 당신이 특별한 사람일 수도 있습니다.

자신의 생각과 다르기 때문입니다.

그런 것들을 생각하고 있자니 참으로 피곤합니다.

그래서 사람을 대할 때는 처음부터 '나와 다를 수도 있다.' 라고 생각하고 대하는 것이 편합니다.

그냥 다른 사람이고, 저 사람이 일부러 저렇게 하는 것이 아니라는 것을 깨달으면 이해하기도 쉬울 뿐더러, 내 자신이 편안합니다.

잠깐 보는 사람들은 이런 마음을 가지지 않아도 금방 헤어질 것이기에 큰 상관은 없습니다만, 배우자나 직장 동료, 주말마다 교회, 절, 성당 같은 곳에서 보는 사람들과 이런 마찰이 일어난다면 정말 힘들어집니다.

그래서 아예 그 사람을 고치려 생각하지 말고 그냥 다른 사람이라고 생각하는 것이 속 시원합니다.

그런 말이 있습니다.

'사람은 고쳐 쓰는 것이 아니다.'

저는 여기에 전적으로 동의하는 바입니다.
잠깐 개선될 뿐이지 결국 다시 자신의 생각대로 돌아가는 것이 사람입니다.

그러니 너무 스트레스 받지 말고 받아들이는 것이 편합니다.
나와 다른 사람이라는 사실을 말입니다.

공교롭게도 그런 마음을 가지게 되면 사람들로 하여금 자신이 굉장히 이해심 많은 사람으로 보여질 것입니다.
진실은 내가 편하고자 그랬을 뿐이지만요.

뭐 어떻습니까.
서로 좋으면 된 것 아닐까 생각해봅니다.

마음이 불안할 때는

그저 아무 이유 없이 불안할 때가 있습니다.
딱히 뭘 잘못한 것도 아닌데 그냥 불안한 것이죠.
건강, 정해지지 않은 미래, 자신을 믿지 못해서 등 불안을 느끼는 요소는 참 많습니다만 한 가지 확실한 것이 있습니다.
당신이 느끼는 그 불안 요소들이 실제로 일어나지 않을 확률은 99%라는 것입니다.

우리가 걱정하고 불안해하는 것들은 나의 방어기제에서부터 시작됩니다.

외부의 위협으로부터 자신을 지키고자 하는 생존본능인 것이죠.
그래서 불안함은 적당히 있으면 나를 지켜주는 수단으로써 긍정적인 요소가 됩니다.

하지만 '뭐든 지나치면 독이다.' 라는 말이 있는 것처럼 지나친 불안함은 삶을 오히려 힘들게 만듭니다.

당신은 왜 불안해하십니까?
걱정하는 일들이 실제로 일어날 것이라고 생각하시나요?

아쉽지만 걱정의 대부분은 일어나지도 않는 공상일 뿐입니다.
그 중에서 일어나는 일은 1%에 가깝습니다.
설령 일어난다고 해도 너무 걱정하지 않아도 됩니다.
당신은 인생을 살며 많은 역경을 이겨내 왔기에 잘 해낼 것입니다.

그러니 앞서서 걱정하지 마세요.
미리 불안해할 필요 없습니다.

당신의 마음이 불안한 것은 일어나지 않은 일에 대한 걱정일 뿐이며, 허상에 불과합니다.

그래도 불안함을 느낀다면 내면이 아픈지 살펴보아야 합니다.
자신을 돌아보지 않고 살아간다면 더 불안함을 잘 느낄 수밖에 없습니다.
그럴 때는 자신을 위로해주어야 합니다.
좋아하는 일들로 보상을 해주고 자신을 우선시해주며 다독여주어야 합니다.

누구나 마음 속에 어린아이를 품고 있습니다.
그 아이에게 따뜻하게 대해주세요.
고생 많았다고, 이정도면 충분히 잘했다고 칭찬해주세요.
아마 당신의 마음속에 불안함이 수그러드는 것이 느껴질 것입니다.

남의 말을 듣지 않아도 될 이유

내 인생을 이끌어가는 주체는 자신입니다.
하지만 주변에서 자기가 진리라는 것처럼 이야기를 하며 참견하는 사람들이 종종 있죠.
당신이 남의 말을 듣지 않아도 될 이유 10가지에 대해 정리해 보았습니다.

1. 그 사람은 당신에 대해 잘 알지 못한다.

당신에 대해 깊게 알고 있는 사람은 오히려 쉽게 참견하지 못합니다.
어떤 사람인지 알고 있기에 더 조심스럽죠.
속내를 다 알지도 못하면서 하는 참견은 가볍게 무시해도 좋습니다.

2. 삶의 주인공은 당신이다.

내 인생은 내가 설계하는 것입니다. 감독부터 진행까지 전부 자신이 하는 것이죠.

그러하기에 굳이 남의 말에 귀 기울일 필요 없습니다.

3. 남의 말 들었다가 후회할 가능성이 높다.

당신의 선택으로 일을 진행했다면 후회가 크지 않을 것입니다.

그러나 남의 말을 들었다가 실패한 결과물은 받아들이기 어려울 것입니다.

4. 당신을 위해서가 아닌 자신을 위해서 하는 말일 수도 있다.

진심 어린 조언이 아닌, 자신이 대단한 사람인 것 마냥 행세하고 싶어서 조언을 하는 경우도 있습니다. 이런 사람들의 말은 필히 걸러 들어야 합니다.

5. 질투와 시기를 가진 사람의 비아냥일 수 있다.

성공가도를 달리고 있는 당신이라면 더욱 남의 말을 조심해서 들어야 합니다.

질투심과 열등감에 오히려 좋지 않은 이야기를 좋은 이야기로 포장하는 경우도 있습니다.

6. 결정을 내릴 줄 아는 용기가 필요하다.

항상 결정은 자신이 내려야 합니다. 매번 남에게 의지할 수는 없습니다.

인생의 모든 순간은 결정의 연속이며 이를 훈련해야만 나 다운 삶을 살아갈 수 있습니다.

7. 이 사람, 저 사람의 말이 다 다르다.

사람의 생각은 다 다릅니다. 거기서 나오는 결론 또한 다 다른 법이죠.

그래서 많은 사람들의 말을 듣는 것은 결정을 하는 데에 있어서 혼란만 주게 됩니다.

8. 경험은 소중한 자산이다.

선택한 길이 틀렸다 하더라도 그것은 소중한 자산이 됩니다.

다음에 비슷한 일이 생겼을 때 더 현명한 판단을 내릴 수 있기 때문입니다.

그 말은 즉, 틀릴 것을 두려워하여 판단을 남에게 맡긴다면 경험을 쌓을 수 없다는 말과 같게 됩니다.

9. 일이 잘못되었을 때 타인을 원망하기 쉽다.

남의 말을 들어서 일이 잘못되면 남 탓만 하는 사람이 될 것입니다.

모든 선택과 책임은 본인이 져야 합니다.

10. 당신은 생각보다 강인한 사람이다.

자신을 과소평가하지 마세요.

당신은 강한 사람이고 이겨낼 것입니다.

자신감을 가지세요. 잘 해왔고 잘 해낼 것입니다.

불필요한 죄책감과 멀어지기

한 번도 잘못을 저지르지 않았다는 사람은 본 적이 없습니다.
반대로 이야기하자면 사람은 누구나 잘못을 저지르고 살아가는 존재라는 것입니다.

저는 항상 마음속에 큰 잘못을 저질렀다고 생각하며 살았던 적이 있었습니다.
어릴 적 7살 때 친구와 동네 골목길에서 놀던 중에 신문을 넣어두는 함이 눈에 띄었습니다.
90년대에 길가에 보면 심심치 않게 찾아볼 수 있었던 교차로 신문함이었습니다.
그 신문함으로 친구에게 장난이랍시고 휘두르던 중 친

구의 발등을 찧어 버렸죠.
아파하는 친구를 보고 너무나도 놀라서 미안하다고 소리치며 집으로 도망을 갔습니다.

전 그 일이 아직도 기억납니다.
어린 마음에 너무 큰 죄를 저질렀다는 생각이 들었나 봅니다.
그 뒤로도 친구와 잘 놀기는 했지만 저는 아직도 그때 당시에 행동을 이해할 수가 없습니다.
실수로 발등을 찧은 것은 그럴 수 있다 쳐도 왜 미안하다고 소리치며 도망을 갔었는지 말입니다.
아마 그 상황이 너무 미안해서 피하고자 도망을 갔다는 생각이 듭니다.

누구나 마음에 남는 잘못이 있습니다.
매우 큰 잘못이라는 생각이 머리에서 잘 지워지지 않기 때문이죠.

그러나 그것은 아주 불필요한 행위입니다.

다른 사람이 봤을 때는 그 일이 별것도 아닌 일일 수도 있으며 개인의 판단 기준에 따라 잘못이 아닐 수도 있기 때문입니다.

이미 저지른 잘못은 되돌릴 수 없습니다.
잘못이라는 생각이 깊게 든다면 다음부터 조심하면 됩니다.
지난 일을 다시 헤집느라 인생을 낭비하고 다른 사람들과 잘 지낼 수 있는 기회를 놓친다면 그것은 나 뿐만이 아닌 남에게도 피해를 주는 것입니다.

내가 행복해져야 남도 행복해집니다.
좋은 사람이 되고 싶다면 불필요한 죄책감은 없애야 합니다.

지금 죄책감과 죄의식에 많이 아파하고 있지는 않는지 묻고 싶습니다.
모든 사람은 잘못을 하기 마련입니다.

이미 지나간 일은 놓아주고 앞으로 그러지 않으려고 노력하면 됩니다.

굳이 지나간 일을 머릿속으로 빙빙 돌려가며 생각하지 마세요.
그것은 당신을 학대하는 것이나 다름없습니다.
죄의식과 죄책감이 너무 많아도 문제입니다.

마음은 충분히 가벼워질 수 있습니다.
고통 속에서 벗어날 수 있습니다.

너무 큰 죄책감에 많이 아팠을 자신의 마음을 돌아봐 주세요.
어떠한 일이 있었더라도 나 자신을 미워해서는 안 됩니다.

당신은 노력했고, 노력할 사람입니다.
오늘을 죄의식에 낭비하는 삶을 살지 마세요.
어제는 털어버리고 현재를 살아가야 할 시간입니다.

가끔은 전화도 하고

부모님과 따로 산지 벌써 8년째입니다. 자취를 처음 시작했던 25살이 떠오릅니다.
그때는 시간이 지나면 다시 부모님과 살게 될 거라고 생각을 했습니다.
그러나 그것이 마지막이었습니다.
결혼을 하고 분가를 하고 나니 이제는 아주 먼 미래가 아니면 쉽지 않게 되었죠.

그렇게 부모님과 점점 멀어졌습니다.
1주일에 1번씩 찾아 뵙다가 시간이 지날수록 2주에 1번, 나중에는 1달에 1번정도로 횟수가 줄어들었죠.

항상 부모님을 생각하기는 했지만 회사도 다니고, 사람들도 만나다 보면 언제나 찾아 뵙는 일은 뒷전이었습니다. 그래도 항상 전화는 자주하려고 노력했습니다.
평일에 시간이 날 때면 딱히 무슨 일이 없어도 전화를 해서 안부를 여쭈었습니다.
그때마다 어머니는 참 좋아하셨습니다.

항상 "아들, 잘 지내?" 이렇게 첫 마디를 시작하셨죠.
그리고는 그동안 있으셨던 이야기를 책 읽어 나가듯이 설명해 주셨습니다.
어머니의 이야기를 듣고 있자면 동화책을 한 권 읽는 것 같았죠.

반면에 제가 어릴 때부터 상남자셨던 아버지께서는 단답으로 "그래, 별일 없으면 되었다." 라고 말씀하시고는 끝이셨습니다.
그것이 아버지의 애정 표현이었습니다.
어찌되었건 두 분의 공통점은 저의 전화를 항상 기다리고 계셨다는 것입니다.

요새는 예전처럼 전화를 자주 드리지는 못하지만 그래도 시간이 되면 짧게라도 연락을 드리려고 합니다.
꼭 무언가를 챙겨 들고 찾아 뵈어야만, 1시간씩 통화를 해야만 하는 것은 아닙니다.
목적이 없어도 그저 부모님을 생각하는 마음으로 잠깐이라도 연락을 드리는 것은 중요합니다.
딱히 할 말이 없어도 회사 생활 잘하고 있다, 잘 먹고 잘 쉰다, 특별한 문제없다, 이런 말씀만 드려도 부모님은 안심하십니다.

효도를 너무 어렵게 생각하지 않았으면 좋겠습니다.
멀리 떨어져 있다면 연락을 자주해드리고 가끔씩 용돈도 드리고 또 시간되면 찾아 뵙고 그런 마음에서 비롯되는 것입니다.
괜스레 뭔가를 더 하려고 하면 부담스러워지고 부모님을 멀리하게 됩니다.

그러지 맙시다.
우리가 가장 가까이해야 하는 사람은 부모님입니다.

사이가 좋지 않아 망설이고 있다면, 꼭 무언가를 챙겨 들고 찾아 뵈어야만 할 것 같다면, 그런 생각은 넣어두고 그냥 전화 한 통 드려보세요.
아마 별일 아님에도 따뜻하게 맞이해주실 겁니다.
당신이 부모님을 생각하는 그 마음이 전달될테니까요.

나의 행복만 바라는
유일한 사람

장모님과 함께하는 김장

와이프와 연애하던 시절 소소한 의견 차이가 있었습니다. 저는 집안 자체가 개인주의 성향이 강했기에 처가집에서 김장과 같은 큰 행사를 함께 해야 한다고 생각해 본 적이 없었죠.

반면에 와이프는 그런 것들도 집안행사라며 함께 했으면 좋겠다고 했었습니다.
사실 크게 반갑지는 않았습니다.
김장은 집에서도 해본적이 없었고 내향적인 저의 성격상 처가집의 많은 친척분들과 교류를 하는 것이 여러모로 마음의 준비를 해야 하는 일이었기 때문입니다.

사실 개인적인 생각으로는 그 시간에 카페에서 독서를 하고 싶다는 것이 제 바람이었습니다.
어찌되었건 함께 해보기로 마음을 먹었습니다.

대망의 김장 날이 다가왔습니다.
경기도 용인 어느 컨테이너에 처갓집 친척분들이 한데 모여 남자들은 물이 빠질 수로를 뚫고 배추를 올려둘 판을 설치했습니다.
그리고 여자 분들은 김치에 넣을 양념을 만들고 본격적인 김장을 시작하셨죠.

저는 앞에서도 언급했지만 내향적인 성격이라 친척분들과 무슨 이야기를 해야 할지 고민이 참 많았습니다.
솔직히 김장을 하는 것도 크게 내키지는 않았죠.
뭐 별 수 있겠습니까. 이것도 결혼생활의 일부분이니까요.

저의 임무는 배추 씻기 였습니다.
쉬운 일이었기에 열심히 하다 보니 생각보다 재미있다

는 사실을 알게 될 때쯤 이야기 꽃이 피었습니다. 장모님께서 최 서방이 김장을 함께하니 좋다고 말씀도 해 주시고 집안에 형광등도 LED 등으로 바꿔줬다며 최고라고 하시면서 절 띄워 주셨습니다.
덩달아 저도 으쓱해 하며 분위기에 흡수되었죠.

김치를 다 씻고 양념도 함께 버무렸습니다.
그러면서 친척 분들과 이야기를 나누다 보니 어색함이 점점 사라졌습니다.
나중에는 남자 분들하고 무거운 짐도 나르며 돈독한 우정도 쌓아갔습니다.

사실 지금 생각해보면 김장을 한다는 것은 김치를 만든다는 개념보다는 가족의 정을 쌓아간다는 부분에 더 가까운 것 같습니다. 다같이 공동체로서 함께 힘을 쓰며 가족이 먹을 식량을 만드는 것은 생각보다 뜻 깊은 일이었습니다.

본가에서는 김치를 항상 사먹었지만, 그래서 더 김장의 필요성을 느끼지 못했지만 처음 김장을 해보며 새로운 사실을 알게 되었습니다.
사람 사는 곳은 꼭 효율성만 따지는 것이 아니다.
사랑과 사람이 함께 하면 보다 가치 있는 일을 할 수 있다는 사실을 말입니다.

그때 느꼈던 장모님의 관심, 집안 어르신 들과의 재미있던 대화, 딱히 무언가를 대접하지 않아도 가족이라는 이유로 안아 주셨던 따뜻한 온기가 김장이 끝난 지금에도 마음에 남아 있습니다.
이번 년도에도 김장을 하러 갈 겁니다. 장모님이 부르시지 않아도 갈 예정입니다.

저는 그때 느꼈던 온기가 그립습니다.
1년에 1번이지만 친척분들의 따스함도 느끼고 싶습니다.

사람은 그렇게 살아가는 것 같습니다.

아무리 개인주의로 살아왔다고 해도, 내 시간이 소중하다고 해도 함께하는 행복함은 또 다른 영역인 듯합니다.

함께 살아갑시다.
힘들고 지칠 때면 사람들에게 의지도 하고, 도움도 요청하면서 살아갑시다.
그때 저를 불러 주셨던 장모님의 손길이 오히려 저에게 힘이 되는 것처럼 말입니다.

사랑하고 싶다면

문득 혼자였을 때가 생각납니다.
그때는 이상하게도 인연을 만나고 싶어도 만날 수가 없었습니다.
지인들은 잘만 만나는데 저만 주말에 혼자 있을 것을 생각하면 허탈감이 많이 느껴졌었죠.
그러면서도 소개받는 것은 주저했습니다.
저는 자연스러운 만남, 소위 말하는 '자만추'를 추구했기 때문입니다.

그러다 보니 혼자였던 시간이 길었죠.
신기한 것은 그렇게 바라고 바랄 때 오히려 연애를 더

못했다는 것입니다.
저도 그랬고 제 주변에서도 항상 하는 말이 있습니다.
찾으면 인연을 만들지 못하고, 꾸준히 내 할 일을 하다
보면 인연이 찾아 오더라는 이야기였습니다.

저는 그 말을 조금 다르게 생각해봤습니다.

'인연에 목숨 걸지 않고 내 할 일을 하면서 산다는 것은
자신의 시간을 가지면서 나를 소중히 하는 일이다.'

또 그러는 과정에서 자연스러운 매력이 발산되는 것이
아닌가 라는 생각이 들었습니다.

사람은 무언가를 이루지 못하면 초조함을 느낍니다.
생각은 행동으로 이어지고 초조함과 불안함은 언제나
좋은 결과를 얻어내지 못하는 법입니다.

연애 또한 마찬가지입니다.
내가 여유 있고 급하지 않아야 인연을 만날 수 있습니다.

조급하게 누군가를 만나서 사귀어 봐야 그 끝이 좋지 못하며 깊은 사이로 이어지기가 어렵습니다.

그러니 사랑하고 싶다면 항상 마음을 여유 있게 가져야 합니다.
내 시간을 소중히 하고 나를 사랑하며 할 일을 잘 해 나가야만 합니다.
그런 가운데 사랑을 곁들이는 것이지, 사랑이 전부가 되어서 모든 것을 포기하고 인연을 찾아 나선다면 상대방도 부담스러울 뿐더러, 자신에게도 좋은 영향을 주지 못합니다.

사람은 항상 사랑하며 살아가는 존재입니다.
연인 간의 사랑, 가족 간의 사랑, 소중한 것들에 대한 사랑 등 우리는 사랑 없이 살아갈 수 없습니다.

그러니 항상 자신이 생각하는 삶을 열심히 살아가세요.
당신의 인생을 행복하고 즐겁게 살아갈 때 인연 또한 찾아 올 것이니까요.

연인을 대하는 태도

사랑하는 사람과 함께 할 때는 몇 가지 알아야 할 것들이 있습니다.
예쁜 사랑을 하고 싶다면, 연인의 웃는 모습을 많이 보고 싶다면 아래의 글을 읽어 보시면 도움이 되실 것 같습니다.

1. 사랑의 기본 전제는 이해와 배려입니다.

우리는 사랑을 하기 전에 한사람으로서 존중 받아야 마땅합니다.
당신의 연인도 마찬가지입니다. 더 깊은 사랑을 하고 싶다면 이해와 배려를 잊지 마세요.

2. 항상 믿어주세요.

사랑한다면 믿어주어야 합니다.

계속되는 의심은 사랑을 식게 하고 나의 편협한 생각 때문에 상대방을 지치게 합니다.

설령 그 사람이 정말 그런 사람이라고 밝혀지면 그때 가서 생각해도 늦지 않습니다.

그러니 항상 믿어주고 지지해주세요.

3. 상대방의 시간을 존중해주세요.

서로 사랑하더라도 개인의 시간은 꼭 필요합니다.

남자는 우두커니 앉아서 혼자 생각할 시간이 필요하고 여자도 생각에 잠길 때가 있죠.

그런 시간을 가져야 한다는 것을 이해할 때 배려의 마음은 더 커집니다.

4. 나와 다름을 인정해주세요.

태어나서 자란 환경도 다르고, 생각도 달랐던 우리가 서로 연애를 한다는 것은 로맨틱하지만은 않습니다. 사랑이 깊어질수록 서로의 생각을 공유하게 되고 다름을 느끼게 되죠.
그러나 그 다름은 누구를 만나더라도 있는 것입니다.
연인의 생각을 틀렸다고 생각하지 말고 다를 수 있음을 받아들여 주세요.

5. 내가 먼저 나서면 편해집니다.

상대방이 해주기를 기다리지 말고 내가 먼저 나서서 해주면 마음도 편하고 사랑도 깊어집니다.
언제부터 서로 먼저하기를 기다리며 재고 있었던가요.
항상 초심을 잃어서는 안 됩니다.
따지지 않고 사랑했던 시절을 생각하며 항상 잘해주세요.

6. 한 사람만 바라보고, 한 사람만 사랑할 것

당연한 이야기이지만 사랑한다면 내 여자, 내 남자만 바라보고 사랑해야 합니다.
세상을 살아가다 보면 여러가지 유혹들이 존재할테지만, 사랑의 힘으로 그러한 것들을 이겨내고 내 사람에게 마음을 쏟는다면 한없이 소중한 관계로 발전할 것입니다.

7. 맹목적인 사랑을 갈구하지 말 것

자신이 외롭고 힘들어서 상대방에게 지나친 사랑을 요구해서는 안 됩니다.
배려하지 못하는 행동일 뿐더러 그 사람을 지치게 만듭니다.
사랑은 요구하는 것이 아닌 주고받는 것이라는 사실을 기억해주세요.

8. 기념일이 아니어도 꽃 한 송이를 선물해보세요.

꼭 기념일이어야 선물을 하는 것은 아닙니다.
사랑한다면 그 마음을 표현했으면 좋겠습니다.
의무적으로 챙기는 것이 아닌 마음에서 우러나오는 그런 선물을 해보면 어떨까 싶습니다.
크고 비싼 선물은 중요하지 않습니다.
그저 꽃 한 송이처럼 마음에서 나오는 그런 선물이면 좋을 것 같습니다.

9. 먼저 미안하다고 말해주세요.

자존심 때문에 미안하다고 얘기를 못하는 경우도 종종 있죠.
누구의 잘못이 크냐는 중요하지 않습니다.
그저 사랑하기에, 행복하게 해줄 시간도 부족하기에 미안하다고 이야기를 해보는 것은 어떨까요?
아마 그 사람도 자신의 잘못을 깊이 인정하고 당신에게 고마움을 표현할 것입니다.

10. 남자와 여자의 역할을 나누지 마세요.

사랑한다면 역할이 중요하지 않습니다.
서로 사랑하면서 행복하다는 것, 그것 만이 중요할 뿐 나머지는 소소한 문제들입니다.
그러니 남자는 이래야 한다, 여자는 이래야 한다 와 같은 생각으로 마찰을 일으키지 않아야 합니다.
역할을 나눈다기 보다는, 배려와 존중을 통해 함께한다고 생각한다면 더욱 행복한 사랑을 하게 될 것입니다.

최선을 다한다는 것

당신, 정말 잘하고 있습니다.
오늘 하루를 헛되이 보내지 않았음에 자신을 격려해 주었으면 좋겠습니다.

만원 지하철에서 사람들의 어깨에 치이더라도 꾹꾹 참아내며 출근을 했을테고 회사에 도착해서도 직장 상사의 고된 꾸짖음에도 이겨내기 위해 이를 악물고 버텨냈을 겁니다.

점심시간에는 혼자 있고 싶었을지도 모르나 사회생활을 위해서 가면을 쓰고 웃음지어야만 했고 굳이 들어주고 싶지 않은 부탁도 꾹꾹 참아내며 해결해주려 노력했을테지요.

아침부터 등교시간에 늦지 않게 아이들을 깨워가며 아침밥을 준비했을 당신이었고 너저분해진 방의 장난감을 치우며 신세 한탄을 했을테지요.

시댁과 처가에서 달갑지 않은 잔소리를 들으며 한숨이 절로 나왔을테지만 사랑하는 사람을 생각하며 참아야만 했을테고

사랑하는 아이들을 어쩔 수없이 혼내야만 했던, 그러나 아무도 그 마음을 알아주지 못해 아팠을 당신입니다.

오늘도 아이들을 가르치느라 최선을 다한 당신일테고 끝도 없는 민원을 처리하느라 고생했을 당신이지요.

시험을 잘 보기 위해 열심히 노량진으로 향하고 있을 수도 있을테고, 작은 푼돈이라도 모아보고자 마트에서

포인트 적립도 잊지 않는 당신입니다.

밤에는 오지 않는 잠을 내일을 위해 억지로 자려고 하는 사람일테고, 힘든 마음을 돌 봐줄 새도 없이 내일을 걱정하고 있는 당신일테지요.

당신은 언제나 최선을 다해 왔습니다.
자신이 할 수 있는 한도 내에서 열심히 살아낸다는 것은 아무나 할 수 있는 일이 아닙니다.
의지가 굳고 마음이 강한 사람만이 해낼 수 있는 일입니다.

당신은 그런 사람입니다.
생각보다 강하고, 많은 노력을 했으며, 삶을 낭비하지 않았습니다.
그러니 자신감을 가지세요.
당신의 인생은 언제나 빛나고 있었고 가치 있는 삶이었으니까요.

당신의 삶은
언제나 가치 있었고
앞으로도
빛날 인생이다.

머릿속의 생각들

불안이나 우울감이 머릿속을 스치는 시간이 있습니다.
어떤 일이 기전이 되어 시작될 수도 있겠고 아무 일도 없는데 그저 맴돈 때도 있죠.

우리의 뇌는 쉬지 않고 일을 한다고 합니다.
그 말은 즉, 불필요한 정보에도 반응을 한다는 것이죠.
그래서 생각이 꼬리에 꼬리를 물며 들 때는 '아 뇌가 열심히 일을 하고 있구나.' 라고 생각하시면 되겠습니다.

그러다 보니 좋지 않은 생각들도 많이 드는 법입니다.
문제는 이 생각들에 지배당할 때입니다.

부정적인 생각들은 흘러가게 놔둬야 합니다. 그런데 이 생각이 왜 드는 것인지, 나에게 무슨 문제가 있는 것인지 생각하기 시작하면 끝도 없는 걱정이 들고 불안해지기 시작합니다.
결국 그냥 스쳐 지나가는 생각에 크게 얻어맞아버리게 되는 것이죠.

당신에게는 아무 문제가 없습니다. 잘못한 것도 없습니다. 그저 불안을 위한 불안이 당신을 힘들게 만드는 것뿐입니다.

무더위가 한창인 날에 밖에 나가 보신적이 있으실 겁니다. 그 더위속에서 왜 이렇게 더운 것인지, 안 더울 수는 없는 것인지 생각하며 걸어 다니면 짜증만 곱절로 다가올 뿐입니다.
그냥 여름이니까 더운가 보다 하고 편안하게 생각하고 있으면 맑은 하늘도, 푸른 나뭇잎을 자랑하는 가로수길도 눈에 들어옵니다.
머릿속의 생각을 붙잡고 있지 말기를 바랍니다.

불안, 우울, 강박적인 생각이 들 때면 잠시 불청객이 오는가 보다 하고 내버려두면 됩니다.
극복하려고 할수록 부정적인 생각은 점점 커집니다.

가만히 놔두고 하던 일에 집중하세요.
어느덧 큰 목소리를 내던 어린아이는 제풀에 지쳐 자기 갈 길을 가고 있을 테니까요.

언제나 한 발 떨어져서 생각해야 합니다.
계속해서 한 곳에만 집중하고 있으면 시야가 좁아지는 법입니다.
나에게서도 한발짝 떨어져서 생각하는 자세가 필요합니다.

큰일이 일어나지 않습니다. 갑자기 당신이 잘못되지 않습니다.
그러니 여유를 가지고 대해주세요.
당신의 마음이 안정되어 있어야 자연스러운 행동이 나오고 행복으로 이어질테니까요.

멀리만 내다보면

많은 분들이 항상 미래를 대비하며 살아가야 한다고 말씀하십니다.
노후를 대비하기 위해서 일을 해야 하고, 일을 하기 위해서 스펙과 대외 경험을 쌓아야 하며 영어점수도 올려야 한다고 말이죠.
한창 직장생활을 할 때는 좋아하는 책을 읽고 싶어도 읽지 못했습니다.
재테크, 주식, 부동산과 관련된 책을 주로 봤기 때문입니다.

20대때는 정말 하고 싶은 것들을 하지 못하며 지냈던 것 같습니다.
미래를 위해서 20살이 되자마자 군대에 다녀왔고 복학하고 나서는 친구도 없이 그저 학업에만 몰두했었습니다. 대학교 4학년때는 극심한 취업난을 극복하기 위해 인턴과정을 거쳐 정규직이 되었기에 사실상 대학교에서 제대로 놀아본 적은 없다는 생각이 듭니다.

그랬었기에 그런 걸까요.
저는 그런 20대보다 지금 글을 쓰고 있는 30대가 훨씬 더 행복하고 즐겁습니다.
'20대를 준비했기에 지금 행복한 것이다' 라고 말씀하셔도 사실 할 말은 없습니다.
그러나 한가지 확실한 것은 미래를 계속해서 준비하며 살아가는 것보다 오늘 하루를 행복하게 살아가는 것이 훨씬 인생을 잘 살아가는 것이라는 점입니다.

저는 사실 지금도 경제적인 부분에 관심이 많은 편이지만 그렇다고 해서 미래만을 대비하며 살아가지는 않습니다.
돈과 노후대비가 필요 없다는 말은 아니지만 거기에만 너무 치중하다 보면 오늘의 소중함을 잊게 되는 것 같습니다.

그래서 저는 항상 일과 미래 대비에 중점을 두기 보다는 오늘의 기쁨을 맛보기 위해 노력합니다.
살아있음에, 오늘 하루 눈을 뜰 수 있음에 감사함을 느끼는 것이죠.

고대 시인 소포클레스는 이런 명언을 남겼습니다.

'당신이 헛되이 보낸 하루는 어제 죽은 이가 그토록 그리던 내일이다.'

저는 이 명언을 항상 되새기며 살아갑니다.
너무 멀리만 내다보며 살지 않았으면 좋겠습니다.

인생은 미래를 대비하며 살아가는 과정이 아닙니다.

나중에 100살이 되어서도 죽음을 대비하며 살아갈 것인가를 묻고 싶습니다.

오늘 하루를 행복하게 살아가면 내일도 그렇게 살아가게 되고 그런 삶이 쌓여 인생이 됩니다.

그래서 순간의 것들에 행복해야 합니다.
지금 눈 앞에 있는 사람들, 당장 일어날 일들에 대해 행복함을 느끼세요.

너무 많은 에너지와 시간을 미래 준비에 낭비하지 마시고 오늘을 잘 살아가는 데에 집중했으면 좋겠습니다.

아침에 눈을 뜨면 자신에게 말해주세요.
오늘 최고로 행복하겠다고.

흑백 논리

초등학생때 청팀 백팀을 나누어 운동회를 했던 때가 생각납니다.
그때는 서로 다른 색깔이라 그런지 친하던 친구와 팀이 나뉘면 다른 편이라고 생각하여 이기기 위해 열심히 뛰었죠.
이렇게 레크리에이션을 위해서 팀을 가르기만 하면 참 좋을 것 같습니다.

하지만 우리의 삶은 그렇지 못하죠.
색깔을 나누어 싸우기도 하고 너가 틀리고 내가 옳다며 다투기도 하며 생각의 차이로 인해 다름을 인정하지 못합니다.

사실 누가 맞고 틀린 것은 중요하지 않습니다.
생각이 다 다르기에 다채로운 색깔의 세상이 존재하는 것입니다.
만약 한 가지 생각만 맞다면 우리의 세상은 획일적인 부분만 존재하여 영 재미가 없을 것이라는 생각이 듭니다.

그런 의미에서 다른 생각은 존중받아 마땅합니다.
서로의 생각을 인정하고 존중해줄 때 개인도 발전하고 세상도 풍요로워질 수 있습니다.

언제나 내가 오답일 수도 있다는 생각을 가지고 살아야 합니다.
내 말이 무조건 맞다는 생각만 가지고 살다가는 소중한 사람들에게도 도태되기 십상입니다.

나와 다른 생각을 가진 사람들을 미워하지 마세요.
생각에는 정답이 없습니다.

그들의 생각을 인정하고 나와 다름을 받아들인다면 보다 정신적으로 성숙한 사람이 될 수 있습니다.

다른 생각일지라도 항상 경청해주세요.
그리고 끄덕여주세요.
당신의 존중하는 태도에 상대방도 배려로 함께할테니까요.

마음 내려놓기

모든 걱정과 불안은 무언가를 쥐려고 할 때 유독 더 심하게 다가옵니다.
해야만 한다는 강박, 잘못되지는 않을까 하는 걱정 등은 행복과 거리를 점차 멀어지게 합니다.

이런 부정적인 감정들로부터 벗어나는 방법이 한 가지 있습니다.
바로 내려놓기 입니다.

일을 할 때 생각을 비우고 했는데 노력했을 때보다 성과가 좋았던 경험이 있지 않나요?

저 또한 그런 적이 있습니다.
마음을 쓰지 않고 자연스럽게 했을 뿐인데 오히려 결과가 좋은 때가 있었죠.

그 이유를 생각해보자면 이런 것 같습니다.
너무 신경을 쓰면 하나의 생각에 치중하게 되어 편협해지는 반면에 마음을 편안하게 하고 일을 하면 긴장하지 않음에 실력이 잘 발휘되는 것이라는 생각이 듭니다.

불필요한 긴장과 불안은 과한 행동에 의한 결과물을 가져오게 됩니다.
그래서 마음을 비우고 일을 할 때 생각보다 좋은 결과물을 얻을 수 있는 것입니다.

인생 또한 큰 테두리에서 보면 그렇습니다.
삶을 잘 살고자 한다면 통제하려 하지 말고 내려 놓으세요.
모든 것을 내려 놓고 마음을 비울 때 우리는 보다 행복한 삶을 살아갈 수 있습니다.

사랑하는 사람에게서 주도권을 쥐고 싶나요?

내려 놓기를 바랍니다.

아이들이 당신이 원하는 직업을 가졌으면 좋겠나요?

내려놓기를 바랍니다.

원하는 것을 지금 당장 이루고 싶나요?

내려놓기를 바랍니다.

돈을 많이 벌고 싶나요?

내려놓기를 바랍니다.

걱정과 근심에서 벗어나고 싶나요?

더욱 내려놓기를 바랍니다.

쥐려고 할수록 욕심은 커지고 삶은 불안정해집니다.

마음을 비우고 오늘 할 일을 해 나가며 지금의 삶을 즐기세요.

그리고 할 수 있는 선에서 최대한의 노력을 해보세요.
결과를 예측하지 말고 해보는 겁니다.
그런 당신의 자연스러움이 합쳐져 결국 원하는 것을 이룰 수 있게 될 것입니다.

잘못을 인정할 줄 아는 용기

내가 틀릴 수도 있음을 인지하면서 살아야 합니다.
언제나 내가 정답이라고 생각한다면 큰 오산입니다.
하지만 내가 틀렸음을, 또 잘못했음을 인정하는 것은 꽤나 큰 용기를 필요로 합니다.
자존심이 강한 사람일수록 더욱 그렇죠.

사실 대부분의 경우에는 자신이 잘못했다는 것을 스스로 알고 있습니다.
그럼에도 불구하고 인정하려 들지 않는 것은 굉장히 부끄럽기도 하면서 틀렸다는 것을 받아들일 때 느껴질 상실감 때문이겠죠.

그러나 우리는 그런 것들을 받아들일 줄 알아야 합니다.
나의 잘못을 인정할 때 시야는 넓어집니다.
그리고 깨끗하게 인정하고 다시 재기를 노리는 것이 현명합니다.

티비에서도 보면 발뺌하는 연예인보다 잘못을 인정하고 사과하는 사람에게 더 호감이 갑니다.
우리도 그렇습니다. 잘못한 것이 있다면 쾌활하게 인정해버립시다.
그리고 안 그러려고 노력하면 됩니다.

그런 당신이 멋있습니다.
잘못을 인정하는 당신이 대인배 답습니다.

작게 치기

처음부터 원대한 꿈을 가지고 삶을 달려나가면 실망하기 쉽습니다.
삶은 하루가 쌓여 일주일이 되고 일주일이 쌓여 한 달이 되는 것처럼 천천히 여유를 가지고 생각해야 합니다.

그래서 당신이 원하는 계획이 있다면 꿈은 크게 세우고 실천은 작게 시작하라고 말씀드리고 싶습니다. 처음부터 이루고자 하는 욕구가 너무 크면 행동과 생각이 커져 자신에게 부담으로 다가올 것입니다. 실패했을 시에 따른 실망감도 함께 커지겠지요.

그래서 계획을 작게 칠 줄 알아야 합니다.
목표를 너무 길게 잡지 말고 오늘 하루로 잡았으면 좋겠습니다.
하루만 생각한다면 그 순간에 최선을 다할 수 있고 무엇을 해야 할지 명확한 기준이 세워지기 때문입니다.

소위 말하는 실력은 없는데 꿈만 큰 사람이 되어서는 안 됩니다.
내가 실력을 차곡차곡 쌓으면 기회는 자연스럽게 따라오는 법입니다.
그러니 꿈을 너무 크게 잡지 마세요.
경험이라고 생각하고 나의 실력을 쌓아가세요.
내실 있는 당신의 탄탄함이 나중에 큰 문제가 닥쳤을 때 버틸 수 있는 힘이 되어줄 테니까요.

겸손함 보다는 드러내기

요새는 자기 PR 시대라고 합니다.
가만히 있으면 아무도 알아주지 않기 때문에 자신을 보다 더 드러내야 한다는 뜻이죠.
저 같은 경우도 그렇습니다.
저는 사실 성격이 소극적이기 때문에 다른 사람들 앞에 드러내는 것을 굉장히 꺼려하는 편입니다. 그리고 자신에게 관대하지 않기에 자기 PR은 더욱 힘든 일이었죠.
지금도 저를 많이 드러내는 편은 아닙니다.

그럼에도 불구하고 자기PR을 하는 이유는 명확합니다.
사람들에게 좋은 글로 다가가 위로와 행복을 전달하고

싶기 때문입니다.

제가 그저 겸손함에만 머물러 있었다면 저의 책은 독자분들께 다가가지 못했을 것입니다.

저라는 사람이 존재하고 행복과 위로의 글을 쓴다고 열심히 광고하고 다녔습니다.

그 결과로 이번 책도 낼 수 있었던 것이라고 생각합니다.

이제는 적당히 겸손하고 많이 드러내야 하는 시대가 왔습니다.

그러기 위해서는 자신에 대한 믿음이 있어야 합니다.

내가 하고 있는 일에 자신감이 있어야 하고 자존감 또한 높아야 하죠.

혹시 자신감이 없으신 지 여쭙고 싶습니다.

또 실패할 거라고 생각하면서 뒤로 도망가고 있지는 않는지요.

단언할 수 있는 것은 당신은 생각보다 대단한 사람이라는 것입니다.

충분합니다. 나 자신을 믿어주세요.
여태까지 잘 살아온 당신이잖아요.

당신의 1호 팬은 항상 자신이어야 합니다.
내가 나를 가장 아껴줄 수 있는 최고의 친구입니다.
언제나 자신을 믿어주고 지지해주세요.
자신감 있는 행동은 거기서부터 시작입니다.

겸손함이 지나치면
자기 비하가 됩니다.

당당해지세요.
당신은 그래도 됩니다.

모든 날들이 좋은 날이었다

행복해지기에 특별하게 좋은 날은 없습니다.
매일이 행복해질 수 있고 매시간 의미 있는 때를 보낼 수 있습니다.

당신의 살아온 세월이 불행할 수밖에 없었다고 생각된다면 그렇지 않다고 이야기해주고 싶습니다.
생각해보면 우리는 매순간 작은 것에서 행복을 느끼고 또 즐거울 수 있었습니다.
그럼에도 행복하지 못했던 것은 내 마음 속에 있는 큰 근심과 걱정들이 자리하고 있었기 때문일 겁니다.

이제는 그런 것들을 놓아주어야 할 때입니다.

부정적인 감정들과는 작별인사를 고할 시간입니다.

어제까지 불행하셨나요?

괜찮습니다. 오늘부터 행복해지면 됩니다.

내일이 불행할 것 같은가요?

괜찮습니다. 지금 행복하면 내일도 행복해질 겁니다.

다가올 걱정 때문에 불행 하신가요? 괜찮습니다.

지금 행복하고 그때 가서 고민하면 됩니다.

오늘이 가장 행복하기 좋은 날입니다.

그 시간을 그냥 흘려 보내지 마세요.

오늘이 인생의 가장 젊은 날이라는 말이 있듯이, 당신이 행복하기에 가장 좋은 날은 바로 오늘 입니다.

걱정에 시간을 낭비하지 말아요.

행복만 하기에도 삶은 길지 않거든요.

Chapter 4.

나를 사랑하면 좋은 일이 생겨요

여행이 주는 의미

저는 혼자 여행 가는 것을 좋아합니다.
아직 차가 없기 때문에 회사차를 빌려서 가끔씩 주말에 놀러가고는 하죠.
가까운 곳으로는 경기도 외곽에 포천이다든가, 혹은 남양주 쪽에 가면 예쁜 카페들이 많습니다.
멀리 가자면 강원도를 좋아하는 편입니다.
그쪽은 아주 멀지도 않고 바다를 보며 힐링 하기에도 좋은 곳이기 때문입니다.

강릉에는 강문해변이라는 곳이 있습니다.

경포대 바로 옆에 위치하고 있어서 인프라는 좋은데 사람은 많지 않아서 자주 찾는 안식처입니다.
조용한 것을 좋아하는 제 성격상 최고의 힐링 지역이죠.

강문해변의 예쁜 바다를 보고 물회도 먹은 다음 강릉 카페거리로 자리를 옮깁니다.
그리고 마음에 드는 곳을 찾아 들어가죠. 인터넷 리뷰는 보지 않습니다.
혼자 여행할 때는 아날로그 적인 것을 선호하는 편이거든요.

아이스 아메리카노 하나와 작은 조각케이크를 주문합니다.
아무래도 혼자 오다 보니 구석진 곳 제일 작은 자리에 앉습니다.
4인석에 앉기에는 눈치가 많이 보이기 때문입니다.

구석 자리는 바다가 잘 보이지는 않습니다.
하지만 조금만 고개를 빼 들면 바로 예쁜 바다가 보이죠.
사진은 한 장만 찍습니다. 예쁜 것은 마음에 담는 편이거든요.

그렇게 시간을 보냅니다. 제가 인생에서 가장 사랑하는 순간입니다.
아무에게도 제재 받지 않고 혼자만의 사색을 즐기며 커피를 한잔하는 시간이 모든 피로감을 잊게 해줍니다.

카페에 가보면 요새는 혼자만의 시간을 즐기는 분들이 늘어 가시는 것 같습니다.
노트북으로 영화를 보거나, 핸드폰으로 인스타그램을 하는 등 여유를 즐기시는 분들이 눈에 많이 띕니다.

여행은 그런 것 같습니다.
무언가 대단한 것을 하지 않아도 좋아하는 시간을 보낸다는 것에 의미가 있다는 생각이 듭니다.

사람에 따라 여행의 목적은 다릅니다.
도전, 레크리에이션, 배움, 체험, 맛집 투어, 관광, 힐링 등 서로의 취향에 따라 여행의 방식이 달라지겠죠.
공통적인 부분은 여행을 통해 쉬어간다는 것입니다.
일상 속에서의 힘든 시간을 잠시나마 탈출하는 것이죠.

당신이 여행을 떠나고 싶다는 것은 몸과 마음이 많이 지친 시기임을 방증하는 것이기도 합니다.
쉬어가라고, 재충전이 필요하다고 신호를 보내는 것입니다.

그렇기에 어딘가로 떠나고 싶다는 생각이 든다면 나에게 쉼을 주어야 할 때라는 것을 기억했으면 좋겠습니다.
무리한 일정속에서 바쁘게만 살아가지 마세요.
가끔씩 여행도 가고 힐링하는 시간을 가지세요.

잠깐 저녁에 바다로 떠나면 어때요.
오늘은 일 좀 쉬면 어때요.
행복하면 그만입니다.
내일 일은 내일 생각하기로 해요.
뭐든 잘 될테니까요.

좋은 일이 일어날 거예요

너무 걱정하지 마세요.
당신이 생각하는 그 일들은 일어나지 않아요.
그보다 앞으로 다가올 좋은 일들만 생각하기로 해요.

오늘부터는 당신에게 기분 좋은 일들이 일어날 것만 같아요.
딱히 왜 그러냐고 묻는다면 그저 그런 예감이 들기 때문이라고 얘기해주고 싶어요.
어쩌면 당신은 과거에 힘든 시간을 견뎌 왔었기 때문에 더 행복해질 수 있다는 생각이 들어요.
그래서 당신의 행복을 빌어주고 싶어요.

좋은 일이 일어날 거예요.
그리웠던 사람에게 연락이 오고 소중한 사람이 당신을 찾아올 것 같아요.

좋은 일이 일어날 거예요.
걸어가는 신호등마다 초록불로 바뀌고 버스 배차시간도 딱 맞아 떨어질 것 같아요.

좋은 일이 일어날 거예요.
생각지도 못했던 곳에서 인정받고 노력했던 부분에서 만족감을 얻어낼 것 같아요.

좋은 일이 일어날 거예요.
사랑하는 사람이 당신의 마음을 알아주고 응답할 것 같아요.

좋은 일이 일어날 거예요.
오늘은 편안하게 잠에 들 수 있을 것 같아요.

내일은 다 잘 될 거라는 확신이 섰거든요.

당신에게 항상 좋은 날이 함께하기를 바래요.

언제나 웃을 수 있도록,

삶이란 살아내는 것이 아닌 행복을 느끼며

살아가는 과정이라는 것을 알 수 있도록 말이에요.

나를 믿어주기

남을 믿기 전에 나를 먼저 믿어줘야 합니다.
나 자신을 믿어주고 확신이 생길 때 건강한 사랑도 할 수 있고 사람과의 신뢰도 쌓을 수 있는 법입니다.

가령 자신에 대한 믿음이 없이 누군가를 사랑했다고 생각해 봅시다.
그것이 진짜 사랑이라고 확신할 수 있나요?
자신에 대한 믿음이 생겼을 때 그 사람이 당신의 사람이라는 생각을 자신할 수 있나요?

우리는 남들의 말 한마디에 상처받기도 하고 잦은 실패를 통한 경험으로 인해 자신에 대한 믿음이 온전치 못할 때가 있습니다.
남들은 당신을 그렇게 치부하더라도 자신만은 그래서는 안 됩니다.

항상 자신을 믿고 자신감을 가져야 합니다.
모든 것은 그것부터 시작입니다.
사랑도, 사람관계도, 일도 그 모든 것들이 말입니다.

좋은 사람

회사에서 일을 하다 보면 참 많은 사람들을 만납니다.
별것도 아닌 것 가지고 뭐라고 하는 사람, 굳이 하지 않아도 될 일을 가지고 참견하는 사람, 그렇게 안보였는데 생각보다 잘 챙겨주는 사람 등 다양한 사람들이 있음에 항상 놀랍습니다.
그 와중에서도 제 눈에 가장 신기했던 사람은 묵묵히 자기 할 일을 하면서 사람들에게 항상 친절한 직원이었습니다.

저는 사실 일할 때 남들에게 좋은 기분으로 대화를 할 정도의 여유를 가져본 적이 없습니다.

그런데 그 직원은 일할 때도 동료들에게 친절을 베풀고, 사석에서는 더욱 많이 웃으며 선한 모습을 보여주었습니다.

저는 그 직원이 대단하면서도 존경스러웠습니다.
일은 일대로 하고 사람들에게는 좋은 모습을 보이는 굉장히 모범적인 사람이었기 때문입니다.
회식 때 일부러 그 분 곁에 앉아서 물어본 적이 있었습니다.

"책임 님은 어떻게 그렇게 친절하세요?"

그 말에 그는 이렇게 답했습니다.

"고마워, 근데 나는 내가 친절하다고 생각해 본적은 없어, 하하."

제가 생각하는 답이 아니었기에 저는 한 번 더 물었습니다.

"그럼 좋은 사람이 되려면 어떻게 해야 하나요?"

그는 그제서야 조금 이해될 만한 대답을 해주었습니다.

"내가 좋은 사람이라고 생각해본 적은 없지만 항상 좋은 마음을 가지려고 해. 그러면 좋은 행동이 나올 것이라고 생각하거든. 그것 말고는 잘 모르겠네."

저는 그때서야 무언가를 깨달은 기분이 들었습니다.
좋은 사람이 되기 위해 애쓴다고 해서 좋은 사람이 되는 것은 아니었습니다.
내가 좋은 마음을 가질 때, 마음 속에서부터 진심으로 좋은 마음을 먹을 때 그런 사람에 가까워지는 것이었습니다.

저는 여태까지 노력도 하지 않고 시험에 100점을 맞겠다는 심보나 다를 게 없었다는 생각이 들었습니다. 마음 속으로는 회사에 있는 내내 '빨리 퇴근하고 싶다, 집에 가서 쉬고 싶다, 정말 저렇게 일하는 사람들이 싫다.'

그런 생각만 하고 있었으니 좋은 사람이 될래야 될 수가 없었던 것이죠.

좋은 사람이 되고 싶다면 내가 좋은 마음을 먹어야 합니다.
좋은 마음을 먹으면 좋은 행동이 나오고 타인에게 긍정적인 영향력을 끼치게 되죠.
그저 좋은 사람이 되겠다고 억지로 선행을 베풀어서 되는 일이 아닙니다.

어떤 사람이 되고 싶거나 어떤 목표를 이루고 싶다면 마음에서부터 시작하세요.
내가 마음을 먹으면 나는 그런 사람이 되고 목표에 한층 더 가까워집니다.

내가 좋은 마음을 먹으면 좋은 사람이 되고, 해낼 수 있다는 생각을 하면 해내는 사람이 됩니다.

언제나 마음에서부터 시작하세요.

그것이 무엇이든 이루어 낼 수 있도록 도와줄 테니까요.

좋은 사람이 되세요.

좋은 사람 곁에는 행복이 함께하거든요.

인연을 거부하는 당신에게

얼마전에 여자친구와 헤어진 친구를 만났습니다.
그 친구는 평소에 일도 열심히 하면서 여자친구도 많이 사랑해주던 모범적인 사람이었는데 만남을 끝냈다고 하니 마음이 좋지 않았습니다.
같이 술을 한잔하며 이야기를 듣던 중 친구가 그런 말을 했습니다.

"나는 이제 더 이상 여자를 만나고 싶지 않아. 상처를 너무 많이 받았어."

얼마나 마음이 아프던지요. 저 또한 그 말에 공감할 수 밖에 없었습니다.

그런 노래가 있죠.
'너무 아픈 사랑은 사랑이 아니었음을.'

맞습니다. 너무 아팠던 사랑은 사랑이 아닙니다.
가슴 찢어지게 아픈데 무슨 사랑이라고 말할 수 있겠습니까.
다만 앞으로 다가올 인연도 그럴 것이라고 단정지어버리면 안 된다는 것입니다.

사랑은 돌고 돌아 좋은 사람을 만나기 위한 과정입니다.
전에 만났던 사람이 당신의 마음을 헤집어 놓고 아프게 했을 수도 있습니다.

그러나 모든 사람이 그런 것은 아닙니다.
생각하지도 못한 사람이 당신에게 좋은 사람일 수도 있

고, 또 예상치 못한 곳에서 인연을 만나게 될 수도 있습니다.

그 때 마음이 닫혀 있다면 들어올 인연도 다시 도망쳐 나갈 수밖에 없습니다.

그렇기에 과거에 마음이 아파 인연을 거부하고 있다면 그러지 말기를 바랍니다.

아파해도 됩니다. 마음껏 울어도 됩니다.

그러나 마음의 문은 닫지 말고 열어 놓았으면 좋겠습니다.

인연의 바람이 불어올 때 응답할 수 있도록 말입니다.

당신에게 좋은 인연이 다가올 것이라고 확신합니다.

좋은 사람에게는 좋은 사람이 함께하는 법이니까요.

어깨 펴고, 당당히.
당신 정말 괜찮은
사람입니다.

사랑을 시작하고자 한다면

당신이 누군가와 사랑을 시작하고자 한다면 알아두면 좋을 것들이 있습니다.

1. 나를 먼저 사랑하고 남을 사랑하자

자신에 대한 사랑 없이 일방적으로 타인에게 사랑을 갈구하는 것은 상대방에게 피로감을 유발합니다.

2. 개인 시간을 존중해주자

누구에게나 개인적인 시간이 필요합니다.

오롯이 나만을 위해 시간을 바쳐야 한다는 생각은 하지 않는 것이 좋습니다.

3. 각을 재는 사랑은 금물이다

이 사람이 어떤 사람인지 재고 따지는 연애는 그리 깊게 할 수 없습니다.
사랑은 마음으로 느끼는 것입니다.

4. 집착하지 마라

행동 하나하나에 집착하고 사사건건 관리하려고 드는 건 행복한 연애와 거리가 멉니다.
그 사람을 사랑한다면 편안하게 해주세요.
당신의 고마움에 오히려 더 잘하려고 애쓸 것입니다.

5. 사랑은 희생이 아니다

막무가내로 당신에게 희생을 강요하거나 이해를 바란다면 그 사람과는 건강한 연애를 하지 못할 것이라고 생각하셔도 좋습니다.
사랑은 존중을 통한 행복입니다.
부디 사랑이라는 이름의 탈을 쓴 희생을 하지 말기를 바랍니다.

6. 있을 때 잘해줘라

떠나고 나면 후회하는 사람들이 있습니다. 그 때 잘해줄 걸 하면서 말입니다.

이미 때는 늦습니다. 곁에 있을 때 소중함을 잊지 말고 항상 잘해주세요.

사랑은 꽃과 같아서 조금만 소홀하면 금방 시들거든요.

7. 사랑하는 사람의 주변 사람들에게도 잘하자

사랑하는 이의 소중한 사람들에게 잘하는 모습은 당신에 대한 신뢰를 더 깊게 만듭니다.

나 뿐만이 아닌 내 사람들까지 사랑해주는 모습은 한없이 아름답습니다.

8. 사랑은 말로만 하는 것이 아닌 행동으로 보여주는 것

'보고 싶다' 보다는 '보러 갈게' 라고 말할 수 있는 사랑을 하세요.

말로 표현하는 것도 중요하지만 행동으로 보여주는 것 또한 중요합니다.

9. 설레는 사랑은 유통기한이 있다

하지만 설레는 사랑이 지나면 동반자적 사랑으로 더 예쁜 사랑을 할 수 있습니다.

그러니 설렘이 끝났다고 실망하지 마세요.

더욱 깊은 사랑으로 함께하게 될테니까요.

10. 존중과 배려를 잊지 말 것

사랑의 기본 조건은 존중과 배려입니다.

이 두가지가 빠지면 상처가 하나, 둘 늘어나기 시작합니다.

언제나 상대방의 입장에서 생각해주세요.

먼저 존중해줄 때 나 또한 존중받는 법입니다.

사랑만큼은
머리가 아닌
가슴으로 하기로 해요.

마음마저
재고 따지는 건
너무 슬픈 일이잖아요.

멀리해야 할 관계

당신에게 안 좋은 영향을 끼치는 사람과 굳이 함께 해야 할 이유는 없습니다.
나를 좋아해주는 사람한테만 충실하기에도 시간이 부족하기 때문입니다.
당신이 멀리해야 할 관계에 대해 정리해보았습니다.

1. 당신의 시간은 고려하지 않고 자신의 시간에만 맞춰 약속을 잡는 사람

시간은 금이고 생명입니다.
당신의 시간이 소중하다는 것을 몰라주는 사람과 가까이 지낼 필요는 없습니다.

2. 은근하게 무시하는 사람

그렇지 않은 척 하면서 은근히 무시하는 사람들이 있습니다.

무언가 애매한 감정이 든다면, 무시당한 것 같은 기분이 든다면 대부분 맞습니다.

당신에게 그렇게 대하는 사람은 상대하지 않아도 됩니다.

3. 무례한 사람

자신의 발언이 선을 넘는지 모르는 사람들이 종종 있습니다.

이들은 정말 자연스럽게 그 선을 넘습니다.

당신이 고쳐줄 필요는 없습니다.

그저 그런가보다 하고 만나지 않으면 되겠습니다.

4. 금전적인 것을 요구하는 사람

돈은 은행이 빌려줍니다.

당신에게 돈을 빌린다는 것은 이미 은행 대출이 막혔을 가능성이 큽니다.

그런 사람에게는 돈을 돌려받지 못할 것이기에 멀리하는 것이 좋겠습니다.

5. 필요할 때만 연락하고 만나는 사람

흔히 말하는 자기 필요할 때만 만나고 필요 없어지면 연락을 끊는 사람입니다.
자신의 외로움이나 고민이 해결되고 나면 이제 당신을 필요로 하지 않는 것이죠.
이런 사람은 그저 감정의 분풀이로 당신을 대하기 때문에 굳이 함께할 필요가 없습니다.

6. 부정적인 말만 내뱉는 사람

삶이 힘들다느니, 죽고 싶다느니 이런 얘기들을 잠시 들어줄 수는 있겠습니다.
그러나 그 사람이 그저 관심을 받기 위해서 평생토록 그런 말만 한다면 멀리해야 합니다.
부정적인 기운이 당신에게 옮겨 올 것이기 때문입니다.
안 좋은 말도 듣다 보면 내 이야기처럼 들리게 되기에 가급적 만나지 말아야 합니다.

7. 말을 비꼬며 하는 사람

상대방이 나를 비꼬는 이유는 명확합니다.
뭔가 아니꼽거나 부러워서 배가 아픈 것이죠.
그런 사람들은 평생 그렇게 살아갈 것입니다. 무시하시면 되겠습니다.

8. 계속해서 본인 얘기만 하는 사람

소통은 주고받는 것입니다.
얘기를 하다 보면 자꾸만 자기 얘기로 끌고가는 사람이 있습니다.
이런 사람은 자기 중심적인 사람이기에 배려심이 부족합니다.

9. 돈 자랑하는 사람

돈 자랑하는 사람 치고 제대로 된 부자를 본 적이 없습니다.
그들은 자기를 드러내기를 좋아하고 남들이 어떻게 느낄지 전혀 생각하지 않는 사람들입니다.

10. 당신의 행복을 가로막는 사람

어떠한 이유를 불문하고 당신은 행복하게 살아야 할 권리가 있습니다.

그 행복을 가로막는 존재가 있다면 멀리하세요.

함께할 사람이 아닌 것입니다.

져주기도 하면서

대화를 하다 보면 말싸움으로 번지는 경우가 있습니다.
그럴 때 꼭 이겨먹어야만 속이 시원해지는 사람들이 있죠.
어린아이 같기는 합니다만 그 사람들도 마음의 여유가 없겠거니, 하고 생각해버리는 편입니다.

연인과 말다툼을 할 때도 져주는 편이지만 자존심을 건드리는 말에 있어서는 저도 모르게 이겨먹으려고 억지를 부릴 때도 있습니다.
그런 자신을 보면 아무리 내려놓는 마음을 가지려고 수련을 한다고 해도 사람은 완벽할 수 없다는 것을 느낍니다.

세상을 살아갈 때 약간 져주는 자세도 필요합니다.
같이 밥을 먹었다면 내가 사야 될 때도 있고, 말을 하다 보면 내 생각과 달라도 그냥 고개를 끄덕여줘야 할 때도 있으며 좋은 자리를 다른 사람에게 양보해야 될 때도 있습니다.

기왕 이해해줘야 할 거 기분 좋게 양보하면 어떨까 생각을 해봅니다.
저는 이것을 '져주는 것의 미덕' 이라고 표현하겠습니다.

우리의 인간관계는 내가 약간 손해를 볼 때 더 아름다워집니다.
꼭 그 사람이 나보다 돈을 더 써야만, 내가 더 우위에 있어야만 만족스러워지는 것은 아닙니다.

져주는 것도 여유가 있어야 져줄 수 있습니다.
당신이 남에게 져주는 것은 지는 것이 아니라 여유를 베푸는 일입니다.

여유와 기품이 있는 자에게는 사람이 따르는 법이고
조급하고 어린아이 같은 사람에게는 가까이 있고 싶은
마음마저 사라집니다.

저는 당신이 그런 여유 있는 사람이 되었으면 좋겠습니다.
좀 져주면 어떻습니까, 내가 좀 더 나서면 어떻습니까.
당신의 그런 행동은 리더로서 존중 받을 수 있는 행동
입니다.

조금 더 이해해주고 끄덕여주세요.
아마 당신을 따르는 사람들이 늘어날 것입니다.

위로가 필요한 당신에게

많이 힘들었겠습니다.

사람들 사이에서 버텨내느라, 노력했음에도 잘 되지 않았음에 마음이 많이 상했겠습니다.

당신의 힘듦에 지극히 공감해주고 싶습니다.

그저 다른 말 필요없이 곁에 있다면 어깨를 내어주고 싶습니다.

그리고 같이 손 붙잡고 아픔을 나누고 싶습니다.

모든 것이 당신의 잘못이라고 생각하지 않았으면 좋겠습니다.

괜찮아, 괜찮다 이야기해주겠습니다.

나중 일은 나중에 생각하기로 합시다.

지금은 많이 아파서 힘들어진 자신을 잘 보듬어 주기를 바랍니다.
내가 있어야 가족도 있고, 사랑하는 사람도 챙겨줄 수 있는 법입니다.

멀리 떨어져서 나와 다른 삶을 살아가는 당신이지만
한 번도 본 적 없는 남이라고 생각할 수 있지만
나는 당신의 마음에 위로가 되고 싶습니다.

시간이 흘러 언젠가 만날 날 서로에게 위로가 되어주었다고 살아가는 따뜻함을 느낄 수 있었다고 이야기할 날이 꼭 찾아오기를 희망합니다.

의지해도 괜찮다

울고 싶어도 마음대로 울지 못하는 날이 많습니다.
너무 힘들어서 나도 모르게 눈물이 흐르지만 강해 보여야 하기 때문에 애써 참는 그런 날이 있죠.

울고 싶을 때는 울어야 합니다.
애써 눈물을 참으려고 하면 더 슬퍼지고 힘들어집니다.
예전에 한창 아팠을 때 며칠동안 눈물을 주체할 수 없었던 때가 있었습니다.
그때는 운전을 할 때도 눈물이 흘러서 시야를 뿌옇게 가릴 지경이었죠.

회사에서도 다른 사람들에게 들키지 않으려 눈물을 닦아냈지만 그래도 흐르는 눈물을 막을 수는 없었습니다.

너무 처량하게 느껴졌습니다.
울고 싶어도 울지 못하는 내 자신이요.

그러지 맙시다. 슬픈 건 슬픈 거고 아픈 건 아픈 겁니다. 애써 강해지려 하지 마세요. 다른 사람 앞에서 부끄럽다고 눈물을 훔치지 마세요.
소리 내어 울어도 괜찮습니다.
그 아픔이 눈물에 섞여 내려갈 때 당신의 마음의 짐도 함께 씻겨 내려갈 겁니다.

힘들 때는 힘들다고 주변 사람들한테 이야기도 하고 그랬으면 좋겠습니다.
혼자서 꾹꾹 눌러 참으면서 살아가기에는 세상에 힘든 일이 너무나 많습니다.

서로 의지하고 힘이 되어주면서 살아가는 게 인생사입니다.

혼자 살아가지 마세요.
당신의 아픈 손을 잡아줄 사람들이 세상에는 생각보다 많이 있습니다.

오늘은 그래도 됩니다.
기대도 괜찮습니다.
강해져야만 했던 당신의 마음을 따뜻하게 안아주세요.

식사는 하고 계신지요

식사는 하셨나요?
너무 바쁘게 살아가시느라 끼니를 거르신 건 아닌지 걱정이 됩니다.
아침에는 아이들을 챙기느라고 밥 때를 놓치고 오후에는 고된 업무에 점심을 빠르게 먹어야 하는 상황에 마음이 안쓰럽습니다.
밤 늦게까지 일하고 들어오면 또 다시 시작되는 육아와 집안일에 맘 편히 저녁을 먹는 것도 쉽지 않아 보입니다.
흔히 말하는 육아퇴근을 하고 나서야 조금이나마 쉬어가네요.

대한민국의 어머니, 아버지들은 정말 존경받아 마땅합니다.
그렇게 힘들게 직장생활을 하고 나서 육아를 하고 집안일을 해내는 것은 굉장히 고된 일입니다.
누구나 할 수 있다고 생각하지만 사실 그렇지 않습니다.

아이가 없어도 마찬가지입니다.
삶을 살아가다 보면 바쁜 시간 속에서 밥은 대충 때우는 경우가 많죠.

아무리 바쁘더라도 식사는 꼭 챙겨드셨으면 좋겠습니다.
밥 안 드셔서 아프면 어떡합니까.
끼니를 거르면 힘도 안 나고 몸도 아파져요.
조금이라도 꼭 식사하고 다니세요.
밥이 보약입니다. 먹고 살자고 하는 일이잖아요.

오늘은 가족들과 함께 저녁식사 어때요?
같이 얘기도 하면서 가족 간의 사랑을 나눠요.
그것보다 행복한 일이 어디 있겠어요.

언젠가 떠날 존재들

사랑하는 사람들에게 항상 잘해주세요.
우리의 삶은 영원하지 않아요.
한 가지 확실한 것은 각자의 주어진 시간이 있다는 것이에요.
내가 좋아하는 사람과 영원히 함께할 수는 없어요.

그래서 더 삶은 소중해요.
끝이 있기에 실수를 해도 괜찮고 도전을 해봐도 괜찮아요.
그 나름대로의 의미가 있거든요.

저 사람이 조금 미워도, 또 마음에 안 들어도 잘해주세요.
어차피 언젠가 모두 떠날 사람들이거든요.
나도 그렇고, 저 사람도 그렇고요.

너무 많은 생각과 욕심을 가질 필요 없어요.
우리는 언젠가 다 내려놓아야 해요.
그렇기에 더욱 오늘을 행복하게 잘 살아야 해요.
즐겁게 살아가기로 해요. 영원하지 않기에 더 아름다운 법입니다.

오늘에 충실하면 삶이 의미 있어져요.

마음에 귀 기울이기

오늘을 살아가는 것이 많이 힘들다면, 또 작은 일에도 쉽게 우울해진다면 당신의 마음이 많이 지친 것입니다.
그럴 때 이겨내려고 하면 오히려 더 힘들어집니다.
잠시 모든 것을 손에서 내려 놓고 내면의 소리에 귀 기울이세요.
바쁘게 살아갈수록 마음이 하는 이야기를 잘 들어줘야 합니다.

마음은 체력과 같아서 쓰면 쓸수록 닳습니다.
그리고 한계가 오면 더 이상 버틸 수 없죠.
그런데 그저 버텨내라, 이겨내라는 말로 당신을 혹사시키는 것은 옳지 않습니다.

조용히 앉아서 눈을 감아보세요.
그리고 주먹을 펴고 명상을 하는 겁니다.

나 자신에게 물어보세요.
무엇이 나를 힘들게 하는지, 지금 가장 걱정되는 것들에 대해서 말입니다.
차근차근 하나씩 물어보면서 그 질문들을 받아들이는 겁니다.
굳이 '나는 그렇지 않아, 나는 아니야.' 라고 할 필요가 없습니다.
어차피 나 자신과의 대화이기에 비밀은 절대적으로 보장되죠.

그렇게 나의 이야기에 귀를 기울여주세요.
다 듣고 나서는 자신에게 이야기해주세요.

'정말 많이 아팠겠구나, 힘들었겠다. 그동안 신경 써주지 못해서 미안해.'

언제나 자신을 돌아보고 아픈 곳을 치유해주어야 합니다.
소중한 사람들이 당신에게 위로의 말을 건넬 수도 있으나 그것이 마음의 상처를 전부 낫게 해주지는 못합니다.

사람들에게 말 못할 아픔은 당신만이 알고 있기에 꼭 자신을 치유할 시간이 필요합니다.
그렇게 아픔과 대화를 나누고 난 후에는 메모장에 당신의 마음을 적어보세요.
기억은 시간이 지나면 잊혀지지만 글로 써 놓으면 나중에 다시 찾아볼 수 있습니다.
같은 일이 생겼을 때 또 아프지 않도록 대처방안을 써 놓는 것이죠.

글로 나타내면 더욱 명확해 집니다.
생각으로 치유했을 때보다 어떤 부분에서 내가 아팠는지에 대해 더 잘 알게 되는 것이죠.

그렇게 자신과 대화를 하며 치유해 나가세요.
아마 그전보다 훨씬 더 가벼운 마음으로 삶을 맞이할 수 있을 것입니다.

내일은 꽃이 필 거야

하루가 힘들고
고단했던 당신에게

정말 고생 많았다고
이야기해주고 싶다.

노력했다는 것만으로도
열심히 해내려고
마음 썼다는 것만으로도

당신은 충분히
잘 살아낸 것이다.

오늘 빛을 보지 못했다고 해서
좌절하지 마라.

내일은 당신의 애씀을
세상이 알아줄 것이다.

봉우리진 꽃은
곧 그 결실을 맺는다.

당신의 노력이
그러하다.

이제 다 왔다.
내일은 꼭 꽃이 필 것이다.

빛나는 시간을 걸어갈 당신에게

그동안 힘들었던 삶과는 작별을 고하기를 바랍니다.
행복은 자신의 마음 속에 있습니다. 다른 사람과 행복을 비교하지 마세요.
가슴 깊은 곳에서 들려오는 소리를 잘 들어보세요.
내가 어떤 부분에서 행복하고 싶은 지, 무엇을 좋아하는지를 말입니다.

행복은 언제나 당신 가까이에 있었습니다.
사랑하는 사람의 웃음소리, 시원한 바다 바람, 피로감을 덜어주는 커피처럼 멀지 않은 곳에 있습니다.
당신의 앞날은 빛나는 시간이 될 것입니다.

소중한 사람이기에, 존재만으로도 고귀하기에 더욱 그러합니다.

삶은 지속됩니다.
내일도, 모레도 살아가겠지만 그 시간을 행복하게 살아갈 것인가는 당신의 선택에 달려 있습니다.

이제는 결정해야 할 시간입니다.
행복하게 살아가시겠습니까, 아니면 과거에 얽매인 채 불행하게 살아가시겠습니까?

저는 당신이 행복하게 살아가기를 바랍니다.
그리고 그렇게 될 것이라고 믿어 의심치 않습니다.
항상 행복하세요. 당신의 빛나는 시간을 멀리서 바라고 또 바라겠습니다.

좋겠다,
곧 행복해질

당신이라서.

Hidden Chapter.

행복을 전해주는

짧은 글귀

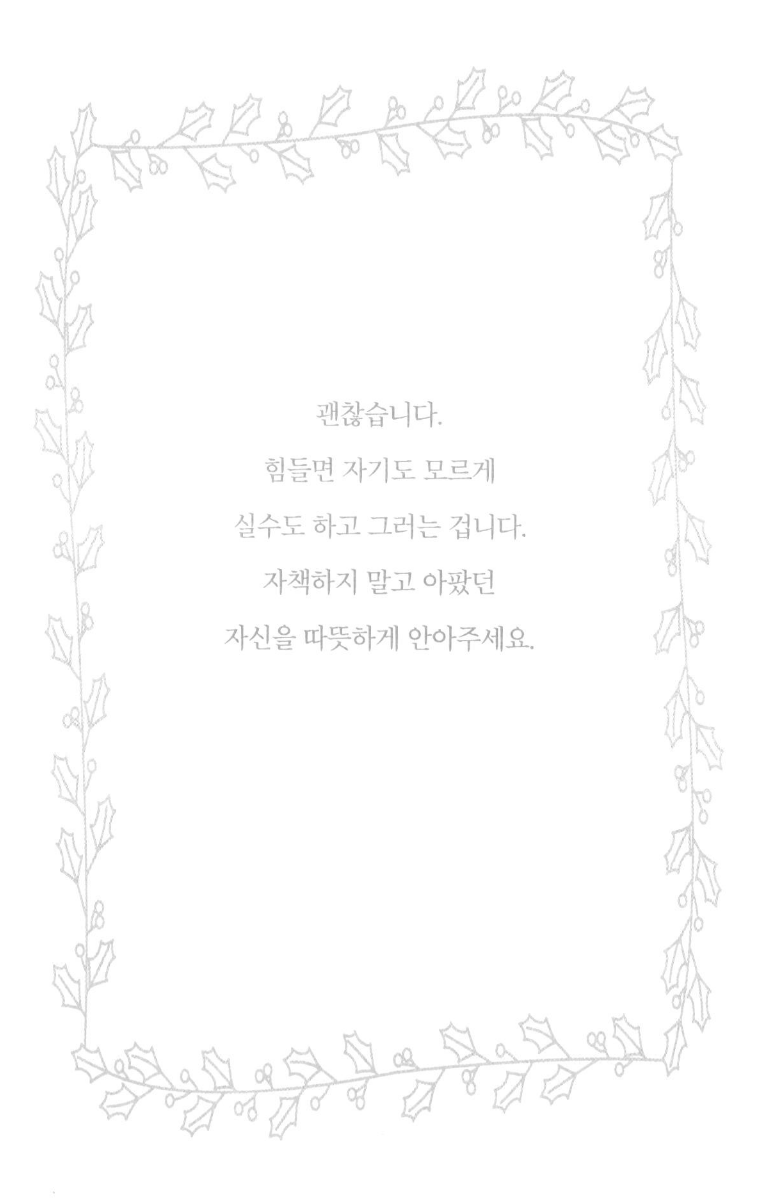

괜찮습니다.

힘들면 자기도 모르게

실수도 하고 그러는 겁니다.

자책하지 말고 아팠던

자신을 따뜻하게 안아주세요.

진정한 사랑을 꿈꾸고 있다면
있는 그대로의 모습을 보여주세요.
마음과 마음이 연결된 사랑만이
행복한 연애를 지속시켜주거든요.

자신을 좀 내려놓았으면 좋겠습니다.

쓸데없는 걱정과 죄의식은 툭툭 던져 놓고

보다 가볍게 인생을 살아가기를 바랍니다.

다 내려놓을 때, 비로소 행복이 찾아올 겁니다.

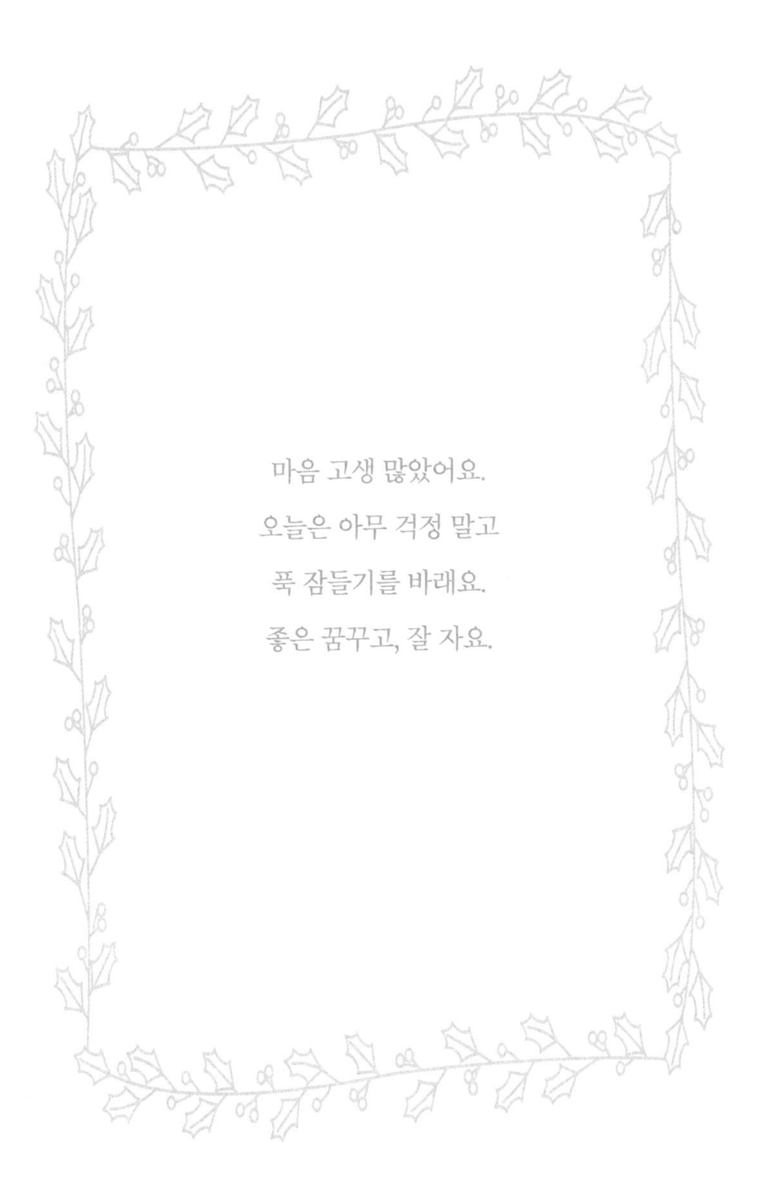

마음 고생 많았어요.
오늘은 아무 걱정 말고
푹 잠들기를 바래요.
좋은 꿈꾸고, 잘 자요.

힘들 때는 조금 쉬어갔으면 좋겠습니다.

모든 것을 내려놓고 편안해질 때

비로소 행복이 문을 두드릴 테니까요.

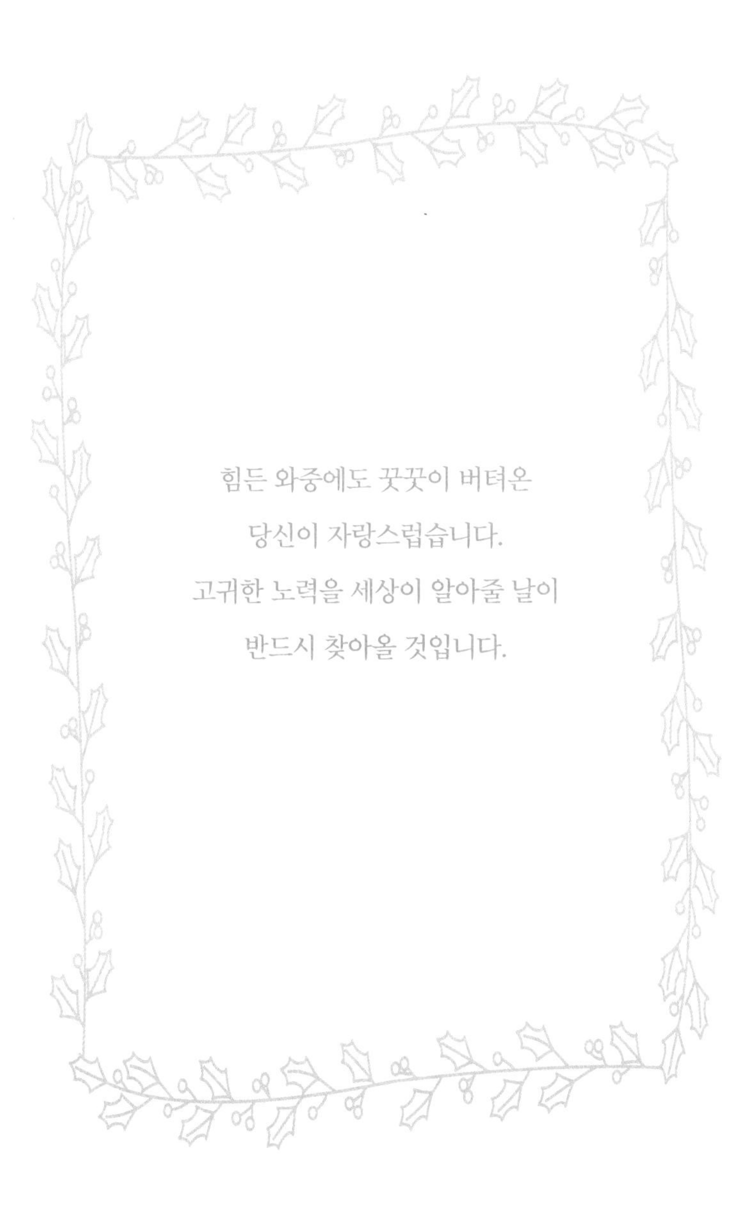

힘든 와중에도 꿋꿋이 버텨온
당신이 자랑스럽습니다.
고귀한 노력을 세상이 알아줄 날이
반드시 찾아올 것입니다.

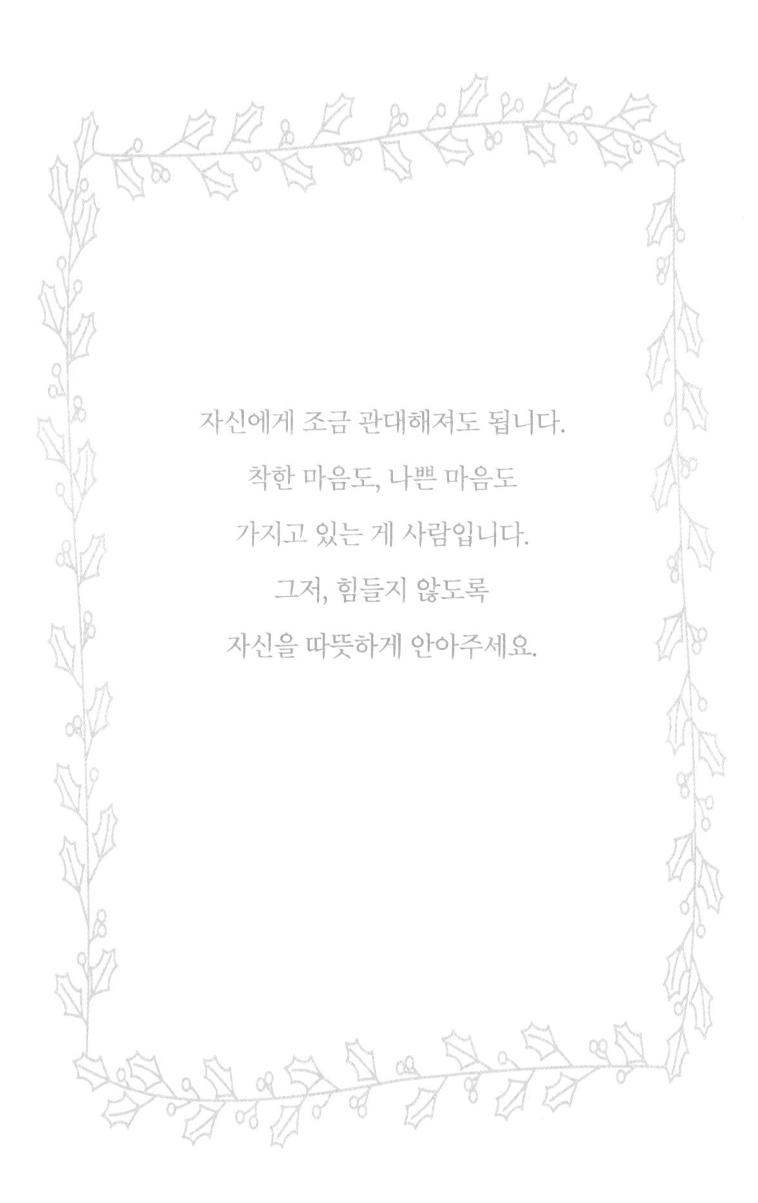

자신에게 조금 관대해져도 됩니다.

착한 마음도, 나쁜 마음도

가지고 있는 게 사람입니다.

그저, 힘들지 않도록

자신을 따뜻하게 안아주세요.

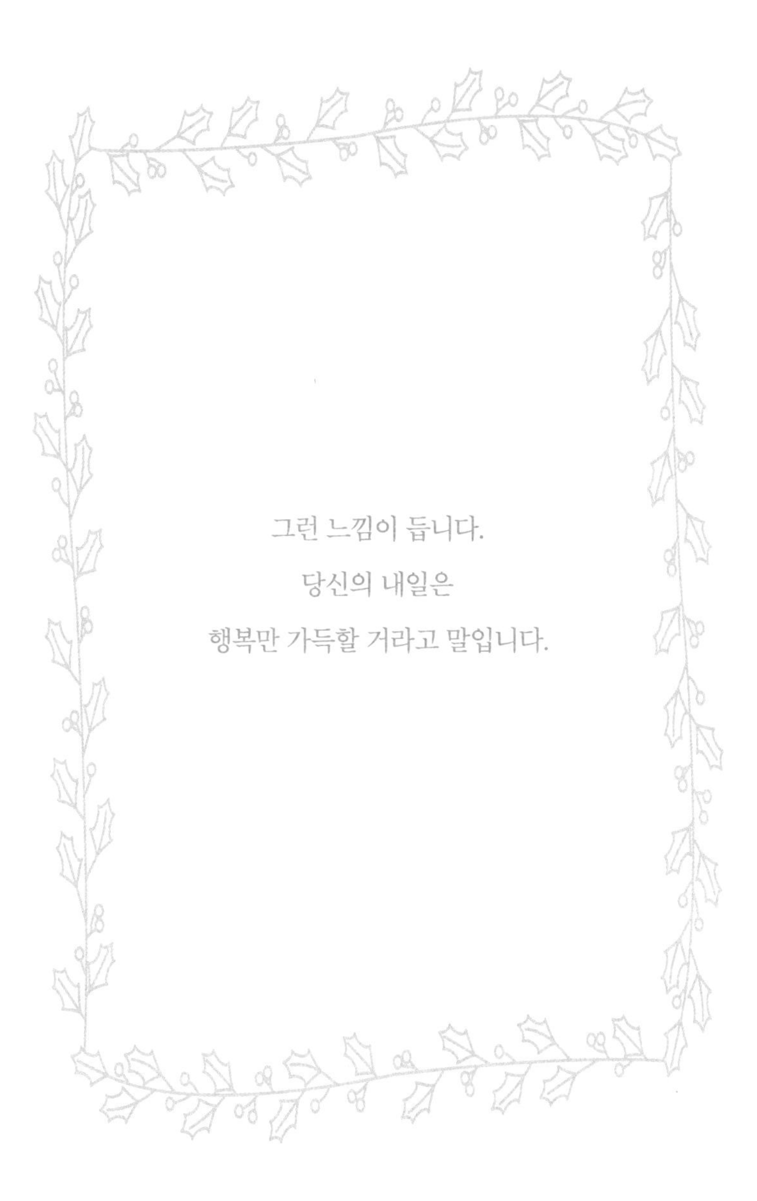

그런 느낌이 듭니다.

당신의 내일은

행복만 가득할 거라고 말입니다.

지나간 과거는 놓아주고

지금 이 순간을 행복하게 살며

다가올 내일을 설렘으로 기다리는

그런 인생을 당신이 살기를 바랍니다.

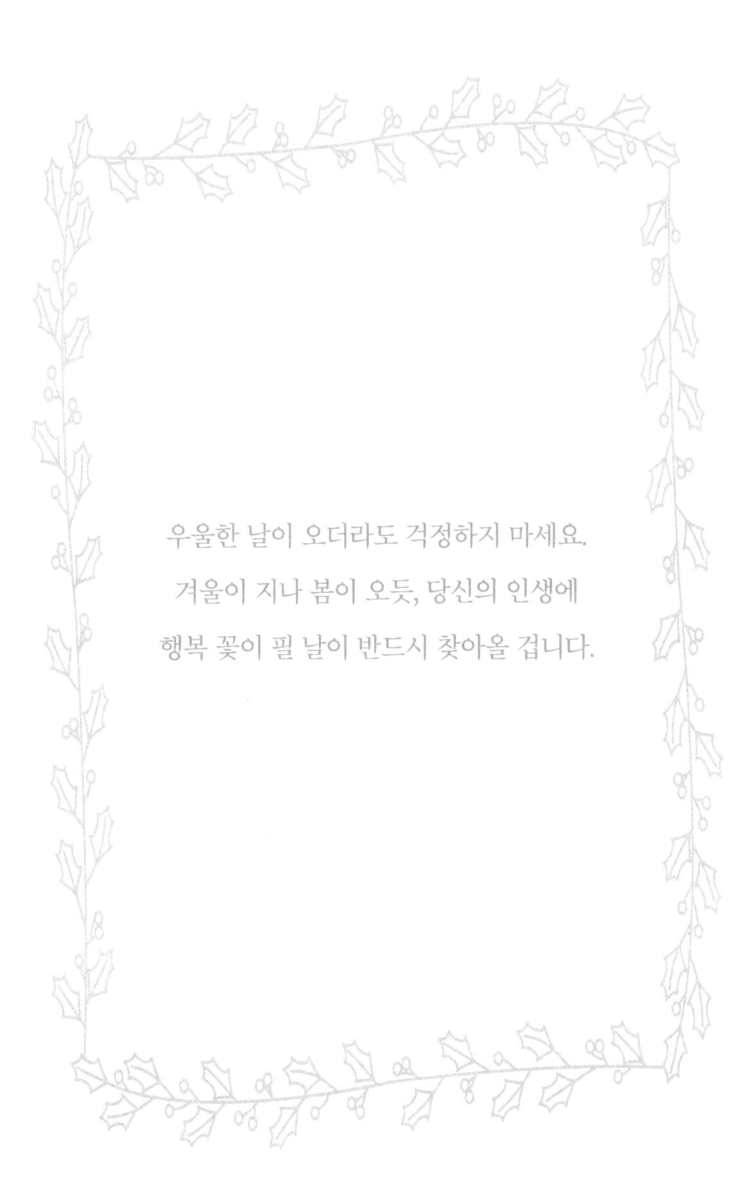

우울한 날이 오더라도 걱정하지 마세요.

겨울이 지나 봄이 오듯, 당신의 인생에

행복 꽃이 필 날이 반드시 찾아올 겁니다.

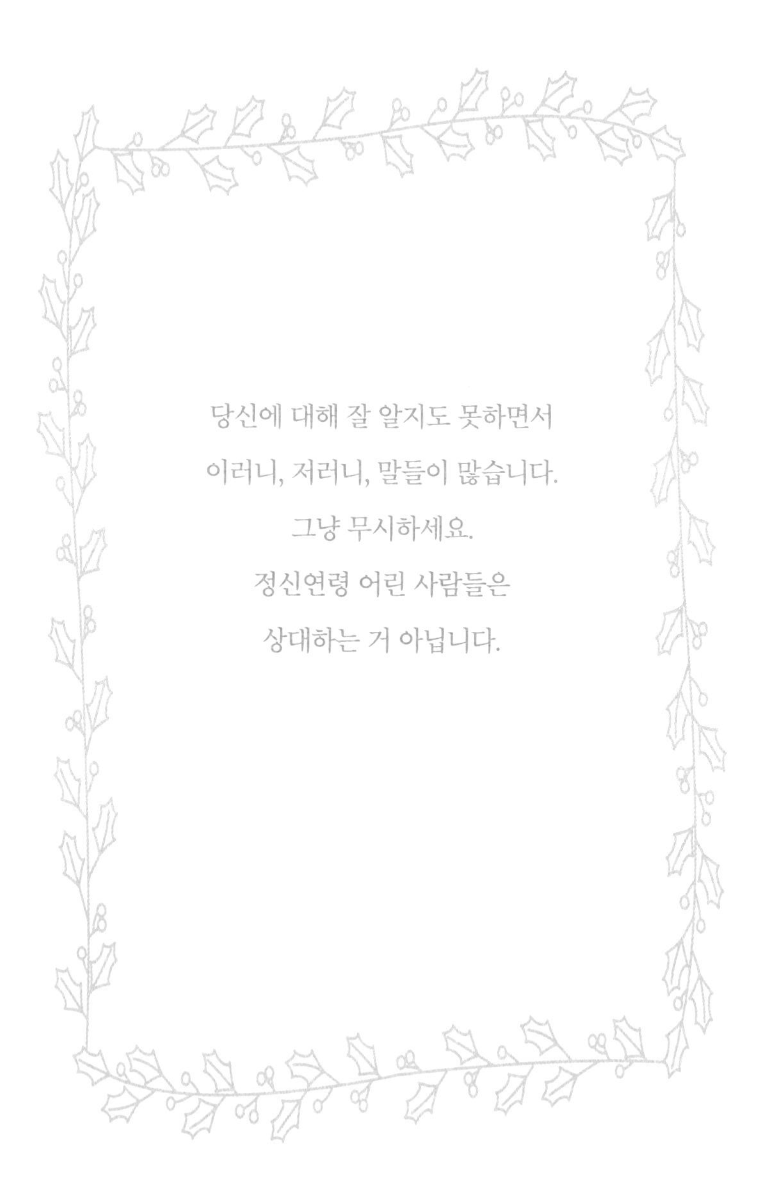

당신에 대해 잘 알지도 못하면서
이러니, 저러니, 말들이 많습니다.
그냥 무시하세요.
정신연령 어린 사람들은
상대하는 거 아닙니다.

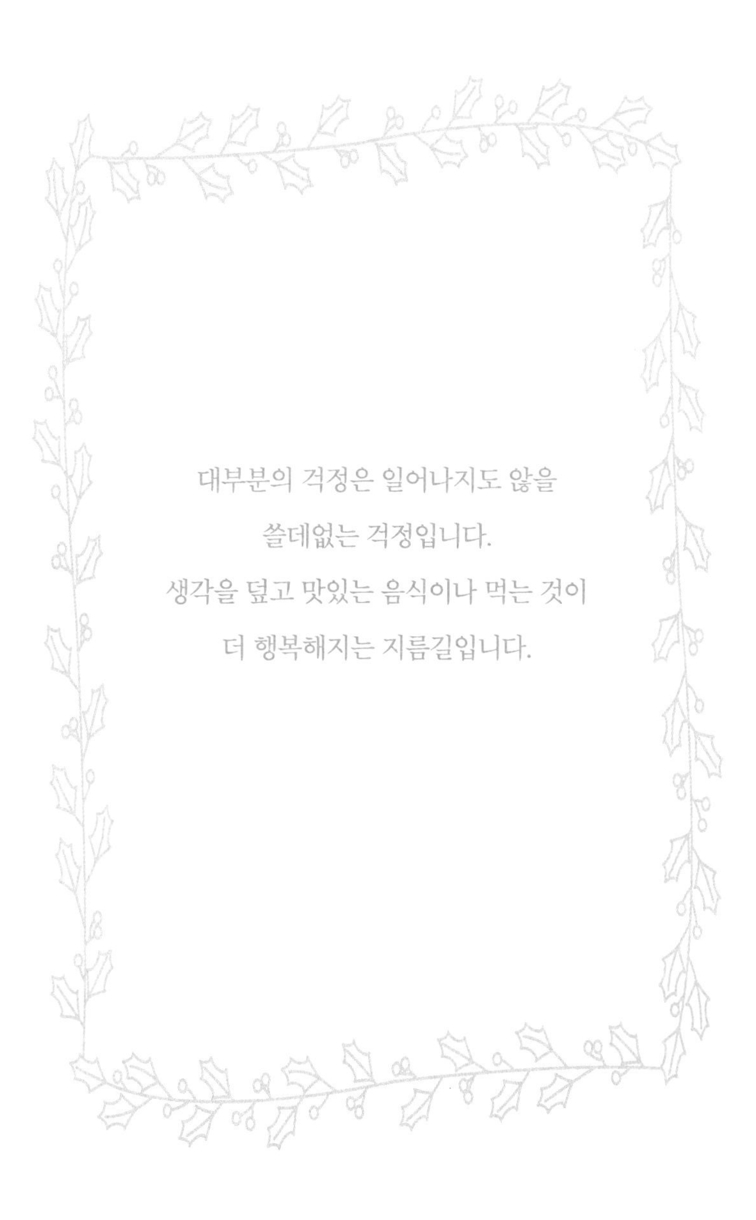

대부분의 걱정은 일어나지도 않을

쓸데없는 걱정입니다.

생각을 덮고 맛있는 음식이나 먹는 것이

더 행복해지는 지름길입니다.

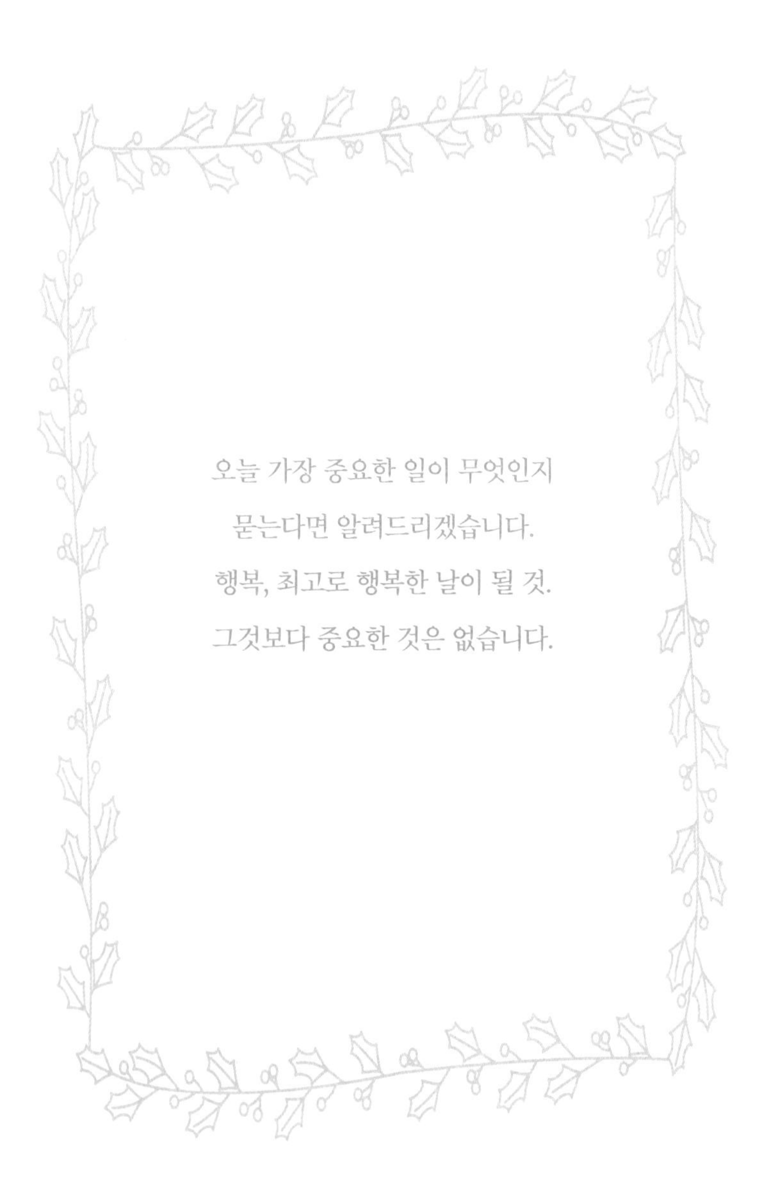

오늘 가장 중요한 일이 무엇인지
묻는다면 알려드리겠습니다.
행복, 최고로 행복한 날이 될 것.
그것보다 중요한 것은 없습니다.

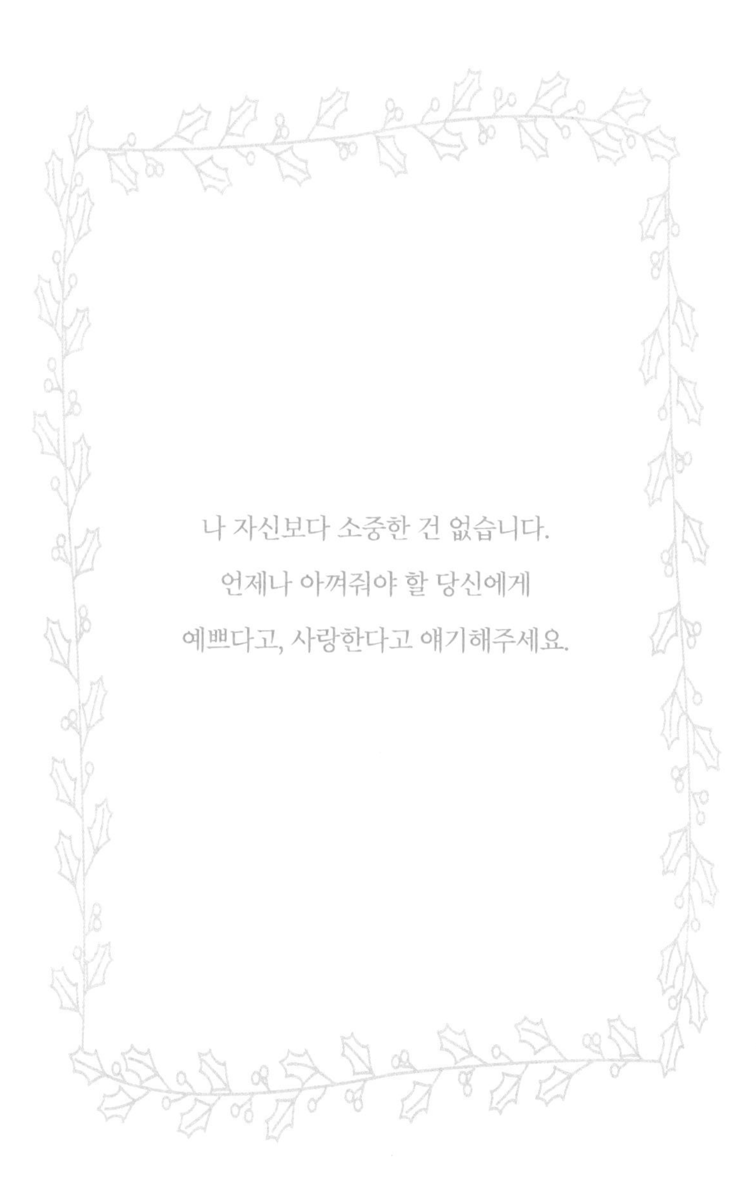

나 자신보다 소중한 건 없습니다.

언제나 아껴줘야 할 당신에게

예쁘다고, 사랑한다고 얘기해주세요.

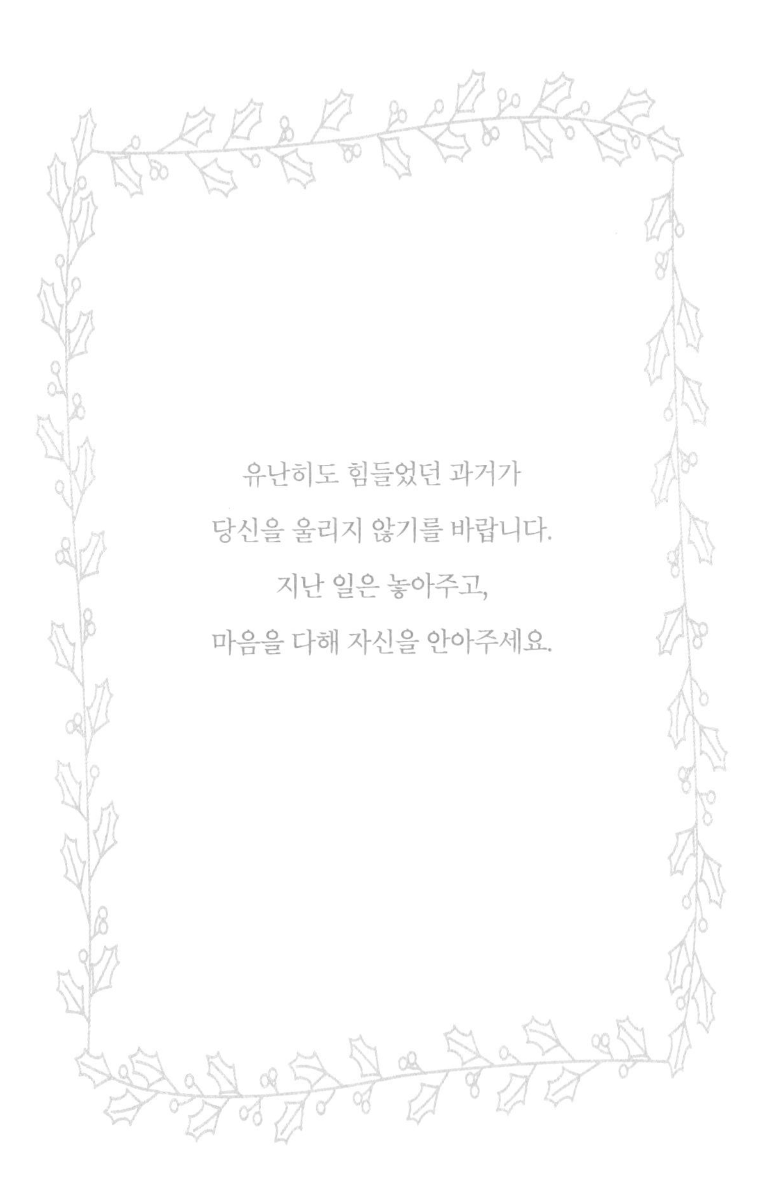

유난히도 힘들었던 과거가

당신을 울리지 않기를 바랍니다.

지난 일은 놓아주고,

마음을 다해 자신을 안아주세요.

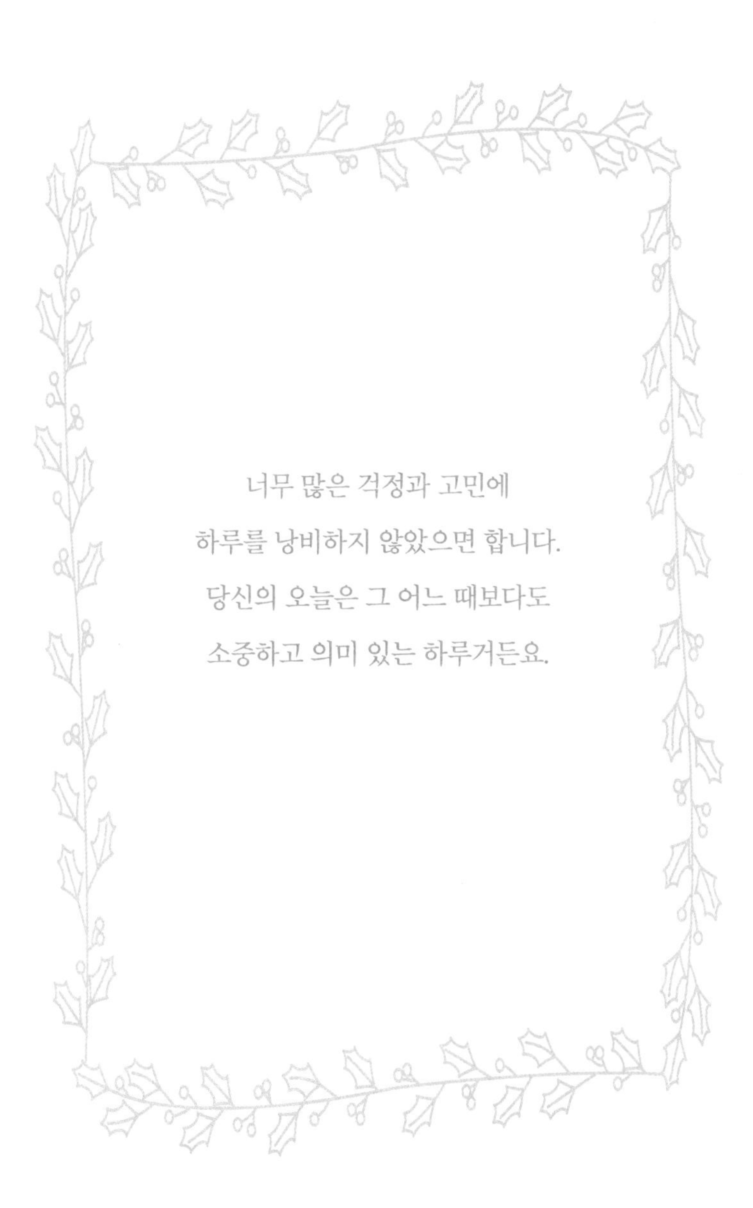

너무 많은 걱정과 고민에
하루를 낭비하지 않았으면 합니다.
당신의 오늘은 그 어느 때보다도
소중하고 의미 있는 하루거든요.

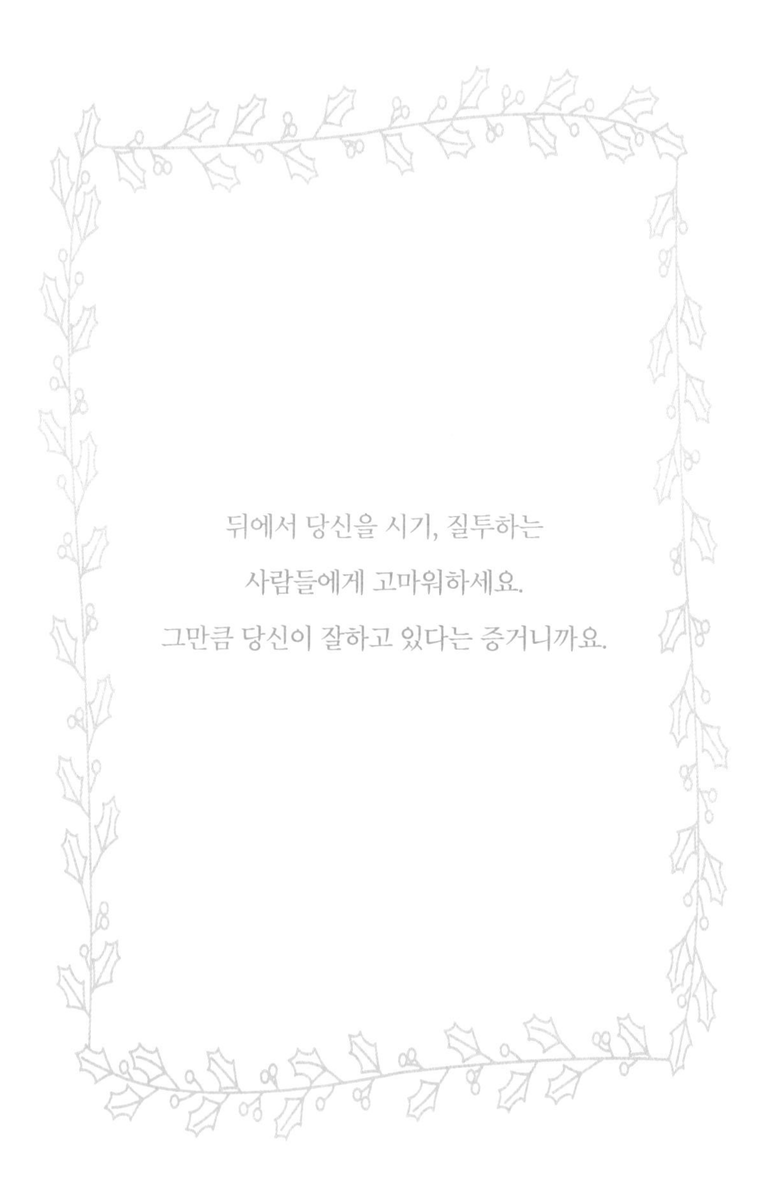

뒤에서 당신을 시기, 질투하는

사람들에게 고마워하세요.

그만큼 당신이 잘하고 있다는 증거니까요.

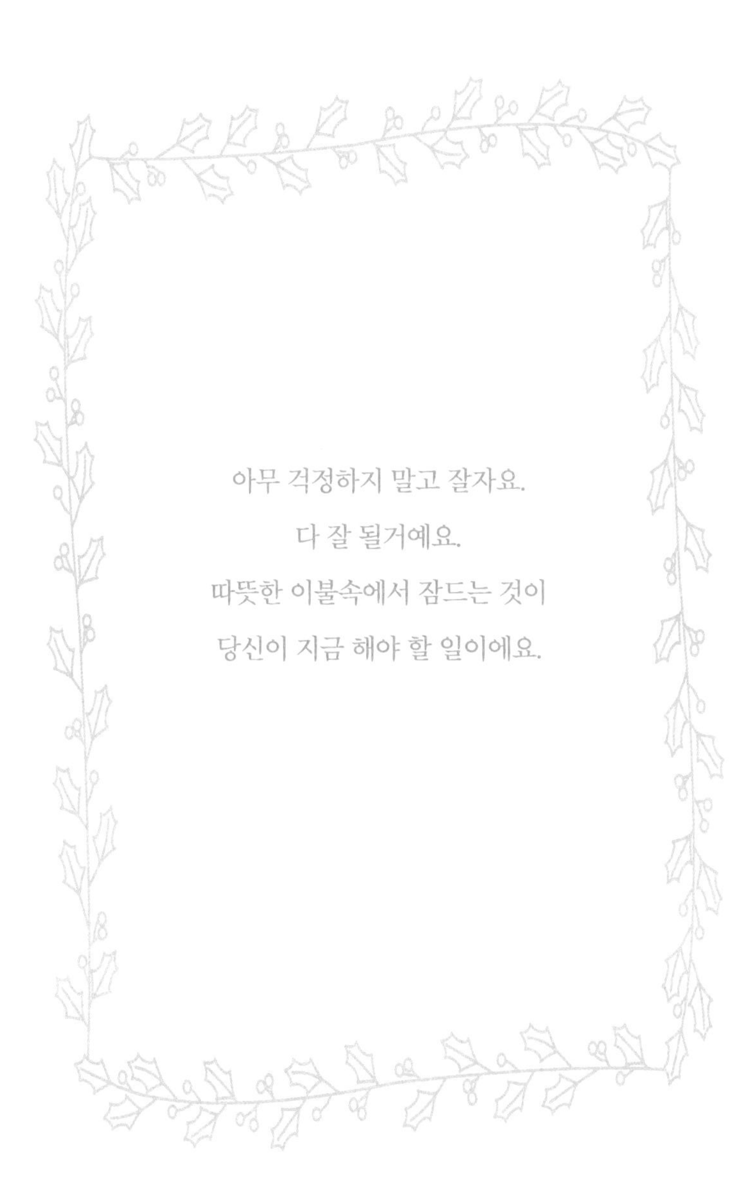

아무 걱정하지 말고 잘자요.

다 잘 될거예요.

따뜻한 이불속에서 잠드는 것이

당신이 지금 해야 할 일이에요.

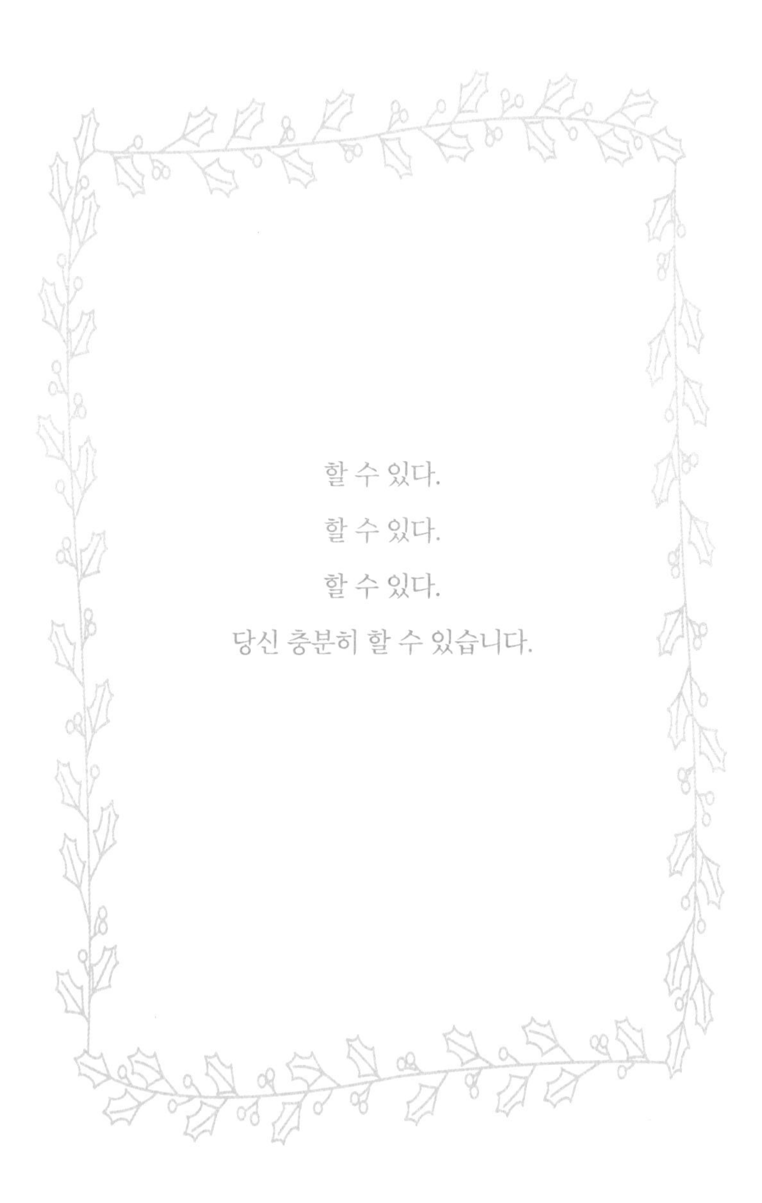

할 수 있다.

할 수 있다.

할 수 있다.

당신 충분히 할 수 있습니다.

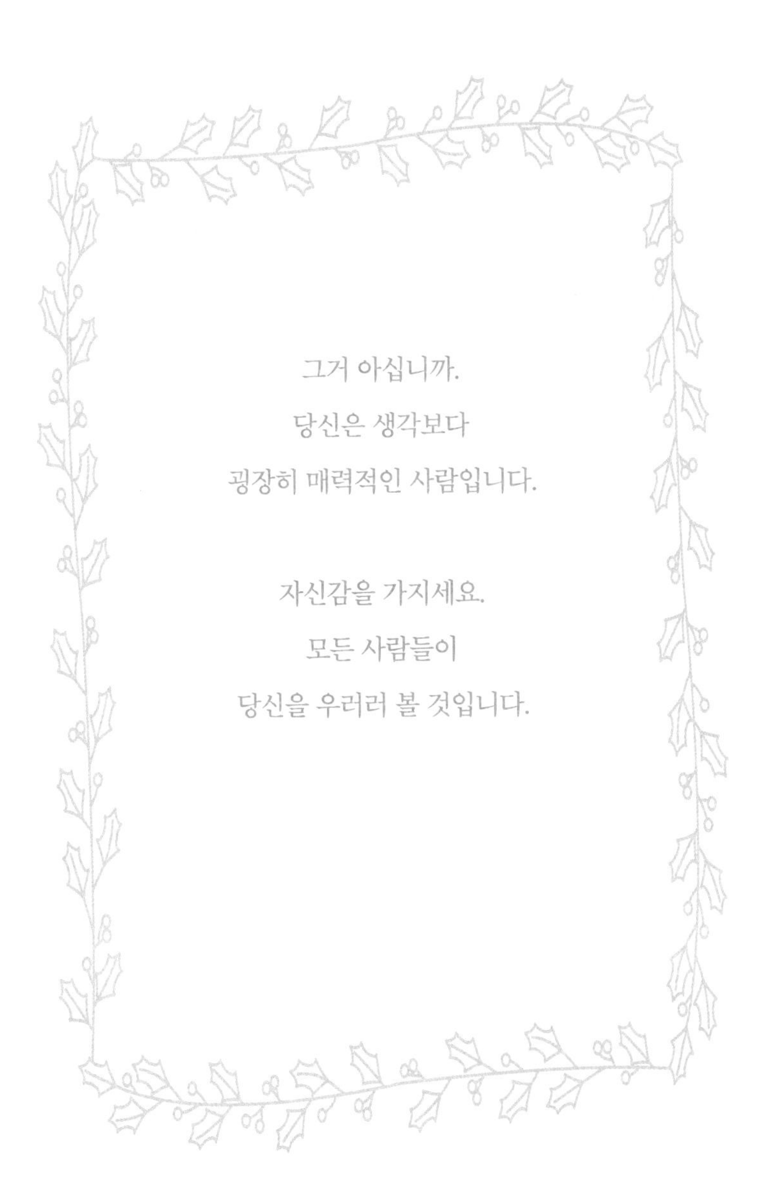

그거 아십니까.

당신은 생각보다

굉장히 매력적인 사람입니다.

자신감을 가지세요.

모든 사람들이

당신을 우러러 볼 것입니다.

당신의 하루가 아름다운 이유는

옆에 있는 소중한 사람들 덕분입니다.

항상 내 곁의 사람들을 사랑해주세요.

오늘 하루만 잘 살아갈 것

다른 거 생각하지 말고 오늘만 살 것

힘들 때는 그것만 기억하세요.

모든 것을 내려 놓을 때

세상이 얼마나 아름다운지 깨닫게 합니다.

욕망, 근심, 걱정, 분노

모두 내려 놓으세요.

그리고 삶이 주는

선선한 바람을 그저 유영하세요.

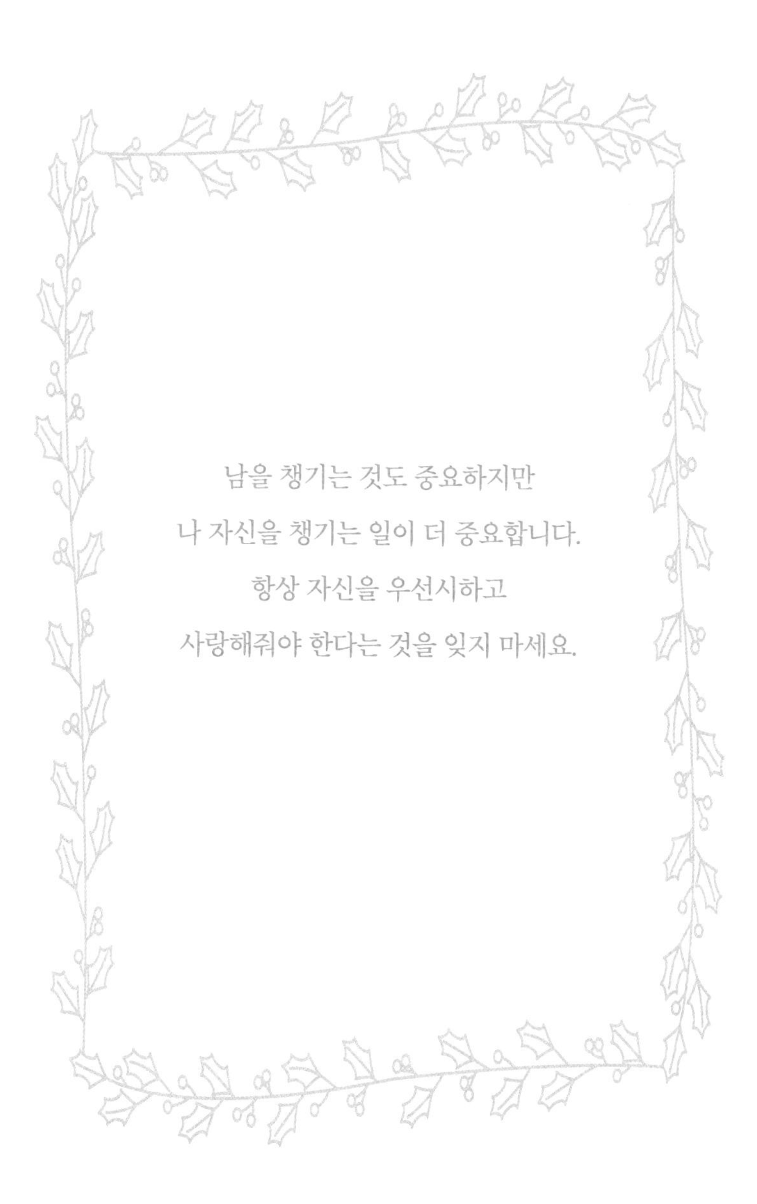

남을 챙기는 것도 중요하지만
나 자신을 챙기는 일이 더 중요합니다.
항상 자신을 우선시하고
사랑해줘야 한다는 것을 잊지 마세요.

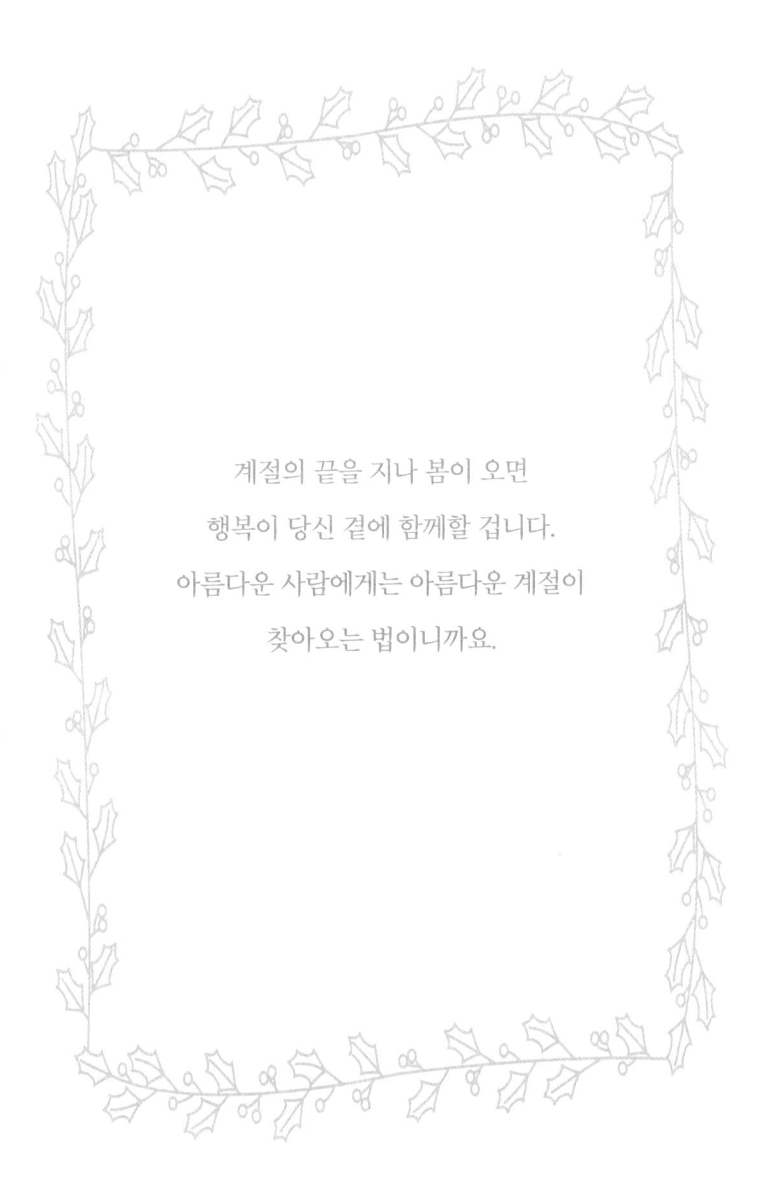

계절의 끝을 지나 봄이 오면

행복이 당신 곁에 함께할 겁니다.

아름다운 사람에게는 아름다운 계절이

찾아오는 법이니까요.

걱정하지 마세요.

내가 그 걱정 다 끌어 안아줄 테니까.

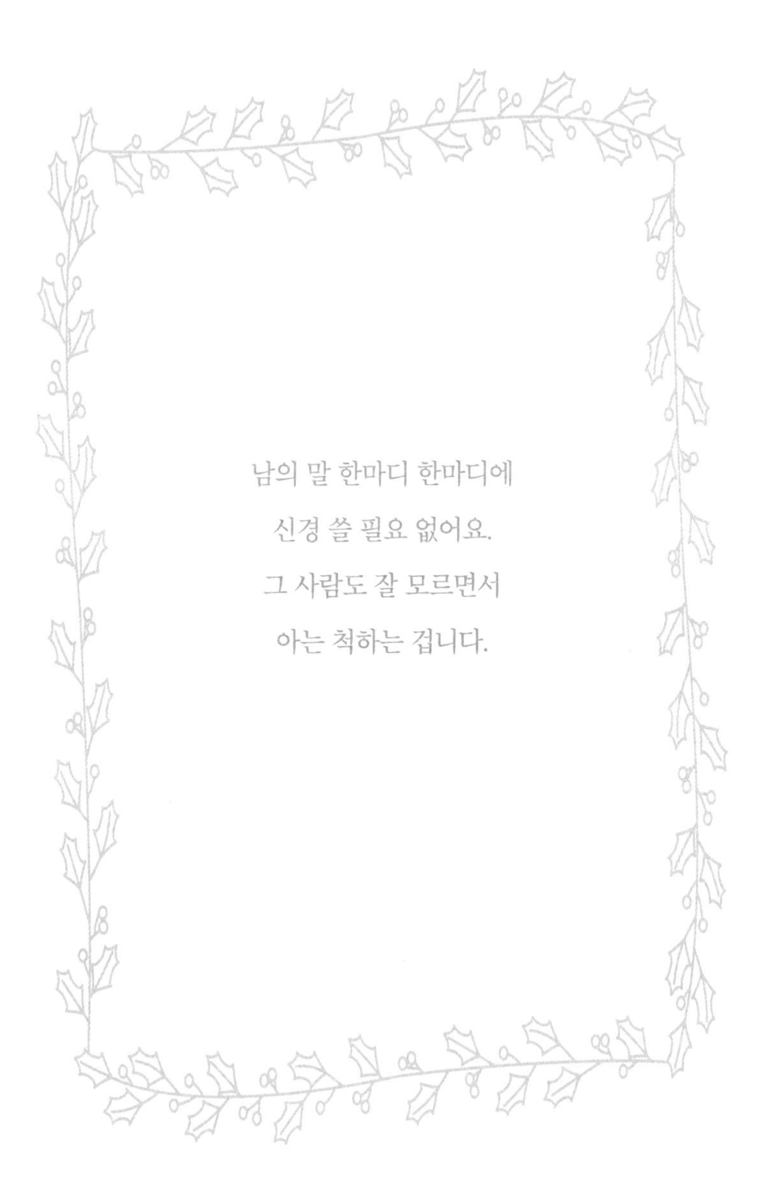

남의 말 한마디 한마디에

신경 쓸 필요 없어요.

그 사람도 잘 모르면서

아는 척하는 겁니다.

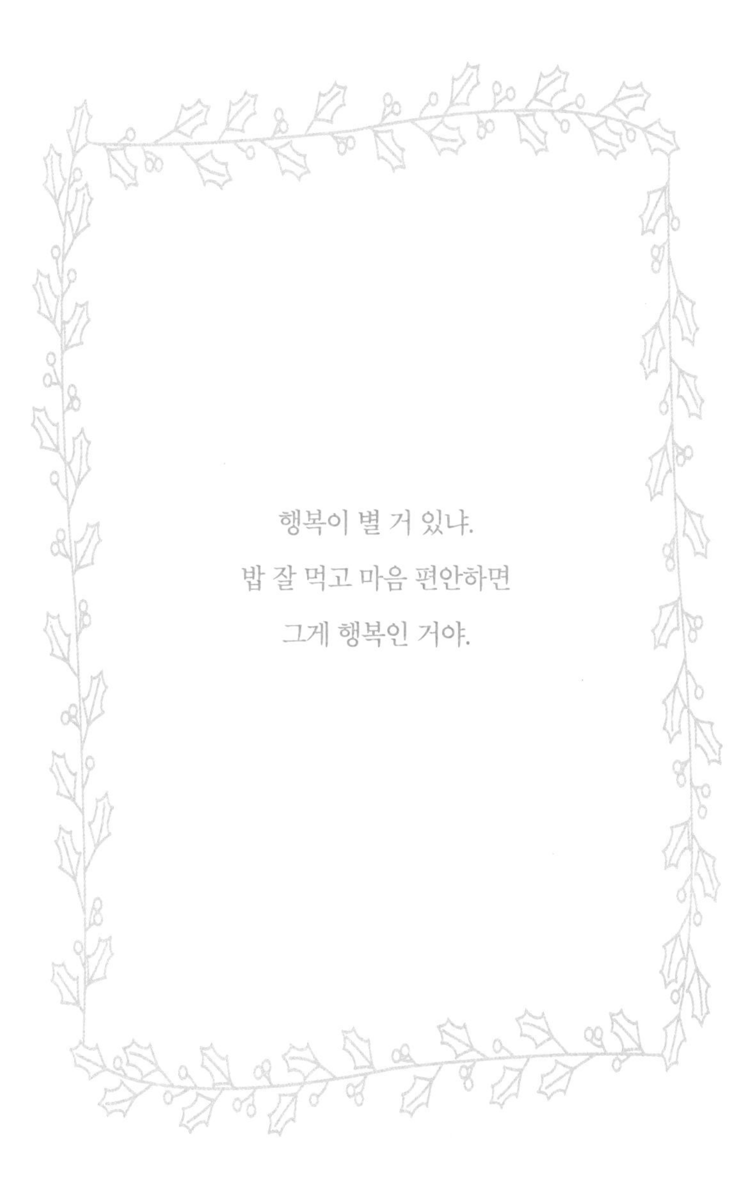

행복이 별 거 있냐.

밥 잘 먹고 마음 편안하면

그게 행복인 거야.

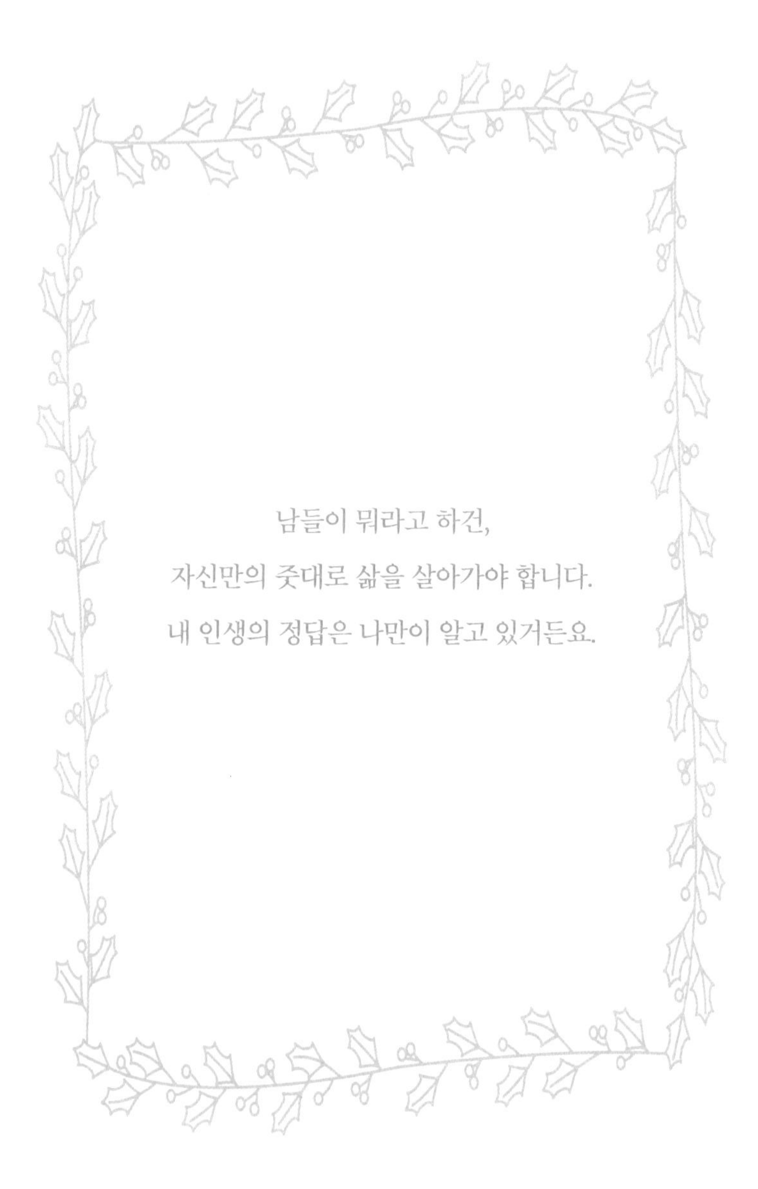

남들이 뭐라고 하건,
자신만의 줏대로 삶을 살아가야 합니다.
내 인생의 정답은 나만이 알고 있거든요.

있잖아, 내가 진짜 중요한

사실 하나 알려줄까?

세상에서 가장 소중한 게 무엇이냐면

바로 너야.

에필로그

맨 처음 이 책의 원고를 집필할 때는 삶의 의미에 대해 써보자는 생각이 들었습니다.
그러면서 '어떻게 살아가야 하는가' 에 대해 고민을 하게 되었죠.

그렇게 글을 써 내려가던 중 결국 모든 것은 행복으로 직결된다는 것을 깨달았습니다.
사람의 본능인 '행복'을 독자 분들께 선물하고 싶다는 생각과 함께 말입니다.

당신이 걸어갈 행복길에 저의 책이 함께하기를 바랍니다. 힘들거나 우울한 날에 이 책을 펼쳐만 봐도 기분이 좋아지실 수 있도록 쓰려고 노력하였습니다.

뵙지는 못하였지만, 멀리서 살아가는 당신께 저의 책이 분신이 되어 함께하기를 바랍니다.

당신의 삶을 응원합니다. 그리고 행복을 빕니다.

감사합니다.

좋겠다, 곧 행복해질 당신이라서

초판 1쇄 발행 2024년 7월 01일
초판 1쇄 인쇄 2024년 7월 01일

지은이 최별

디자인 포레스트 웨일
펴낸이 포레스트 웨일
펴낸곳 포레스트 웨일
출판등록 제2021 - 000014 호
주소 충남 아산시 아산로 103-17
전자우편 forestwhalepublish@naver.com

종이책 979-11-93963-18-0